CW01656296

N'essaie pas. Fais. Ou ne fais pas.

L'ACADÉMIE JEDI

UNE NOUVELLE ÉCOLE

Jeffrey Brown

HUGINN & MUNINN

Si ce livre a vu le jour, je le dois à de nombreuses personnes qui ont su m'aider : Rex, Sam, Rick, et toute l'équipe de Scholastic ; J. W. Rinzler, Leland, Joanne, Carol et toute l'équipe de Lucasfilm ; Marc Gerald, Chris Staros, Brett Warnock, Steve Mockus, ma famille, mes amis et tous ceux qui m'ont soutenu en lisant mes livres. Merci !

Huginn&Muninn
15-27 rue Moussorgski 75018 Paris

© 2015 Huginn&Muninn pour la présente édition.

Publié pour la première fois aux États-Unis en 2013 par Scholastic.

(Titre original : Jedi Academy)

Copyright © 2013 Lucasfilm Ltd.

Tous droits réservés. Toute reproduction, partielle ou totale, est explicitement interdite sans l'accord écrit de l'éditeur.

Imprimé par L.E.G.O. en Italie.

Traduction de l'anglais : Cédric Perdereau
Lettreur : Emmanuel Justo

ISBN : 978-2-36480-234-6
Dépôt légal : août 2015

www.starwars.com

Il y a bien longtemps, dans une galaxie lointaine, très lointaine...

Le jeune
Roan Novachez (c'est moi)
devait entrer à l'Académie
de pilotage pour devenir le
MEILLEUR pilote de la GALAXIE.

Jusqu'à ce que tout aille
COMPLÈTEMENT DE TRAVERS...

Ça, c'est la tête que je faisais avant le début de l'histoire (Maman l'appelle ma "jolie frimousse")

Moi... lorsque tout a dégénéré

ÉCOLE
Alors, Roan, content d'avoir fini l'école primaire ?
Oh, oui ! Vivement l'Académie de pilotage !
Ton père t'a envoyé un holomessage d'Alderaan…
BiiiP !
FÉLICITATIONS, ROAN ! JE SUIS FIER DE TOI !
FÉLICITATIONS, ROAN ! JE SUIS FIER DE TOI !
FÉLICITATIONS, ROAN ! JE SUIS FIER DE TOI !
FÉLICITATIONS,
SUIS FIER
TOI !
Je crois qu'il y a un bug.

Maman, ma lettre de l'Académie est-elle arrivée ?
Pas encore. Elle ne devrait plus tarder.
J'ai hâte ! Davin a dit que sa première année à l'Académie était SUPER.
Eh bien, en attendant, tu peux aller travailler au jardin.
Décidément, je n'aime pas ça.
Au moins, j'irai dans l'espace, pas au lycée agricole de Tatooine !

Ma première bande dessinée !

Roan
Davin, Papa et moi
Dav à l'Académie
CONCOURS ANNUEL DE SIMULATEUR DE PILOTAGE SPATIAL
2E PLACE
Oliver et Maman
Roan
T-16

Salut Ro,

La fin d'année scolaire arrive enfin. Tu dois attendre les vacances avec impatience! Et après, tu me rejoindras à l'Académie, j'en suis sûr. On vient de recevoir un nouveau prototype de chasseur. Je dessine moins bien que toi, mais regarde, il ressemble à ça :

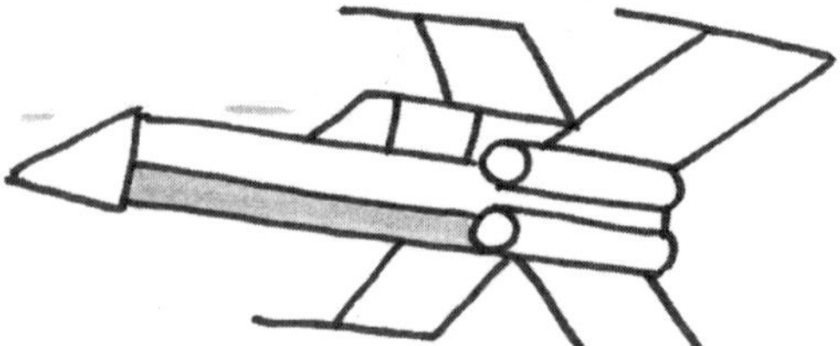

Papa et moi avons hâte que tu pilotes un vrai vaisseau!

Dav (ton frère, tu te rappelles?)

P.S. : Embrasse Maman et Ollie de ma part!

… Et le plus chouette c'est que je serai reçu parce que je suis bon, pas parce que mon père est pilote et mon frère à l'Académie…
Eh, les gars !
Jax et moi avons reçu notre lettre d'admission à l'Académie !
Et toi, Roan, tu as la tienne ?
Euh… Non.
Bravo les copains !

À : Roan Novachez
Objet : Votre candidature

ASSOCIATION OFFICIELLE DES ÉCOLES DE LA RÉPUBLIQUE

Cher Roan,
Merci d'avoir postulé à l'Académie de pilotage. Après avoir examiné votre bulletin, vos activités extrascolaires, vos lettres de recommandation et votre rédaction, <u>nous</u> <u>ne</u> <u>pouvons</u> donner suite à votre demande. Bien que presque tous les candidats soient acceptés à l'Académie, quelques élèves sont parfois refusés pour diverses raisons. Nous vous souhaitons bonne continuation dans le prochain chapitre passionnant de votre éducation !

Bien cordialement,

Sénateur Blagotine

USAGE OFFICIEL	CURSUS CONSEILLÉ :
Lycée agricole de Tatooine	

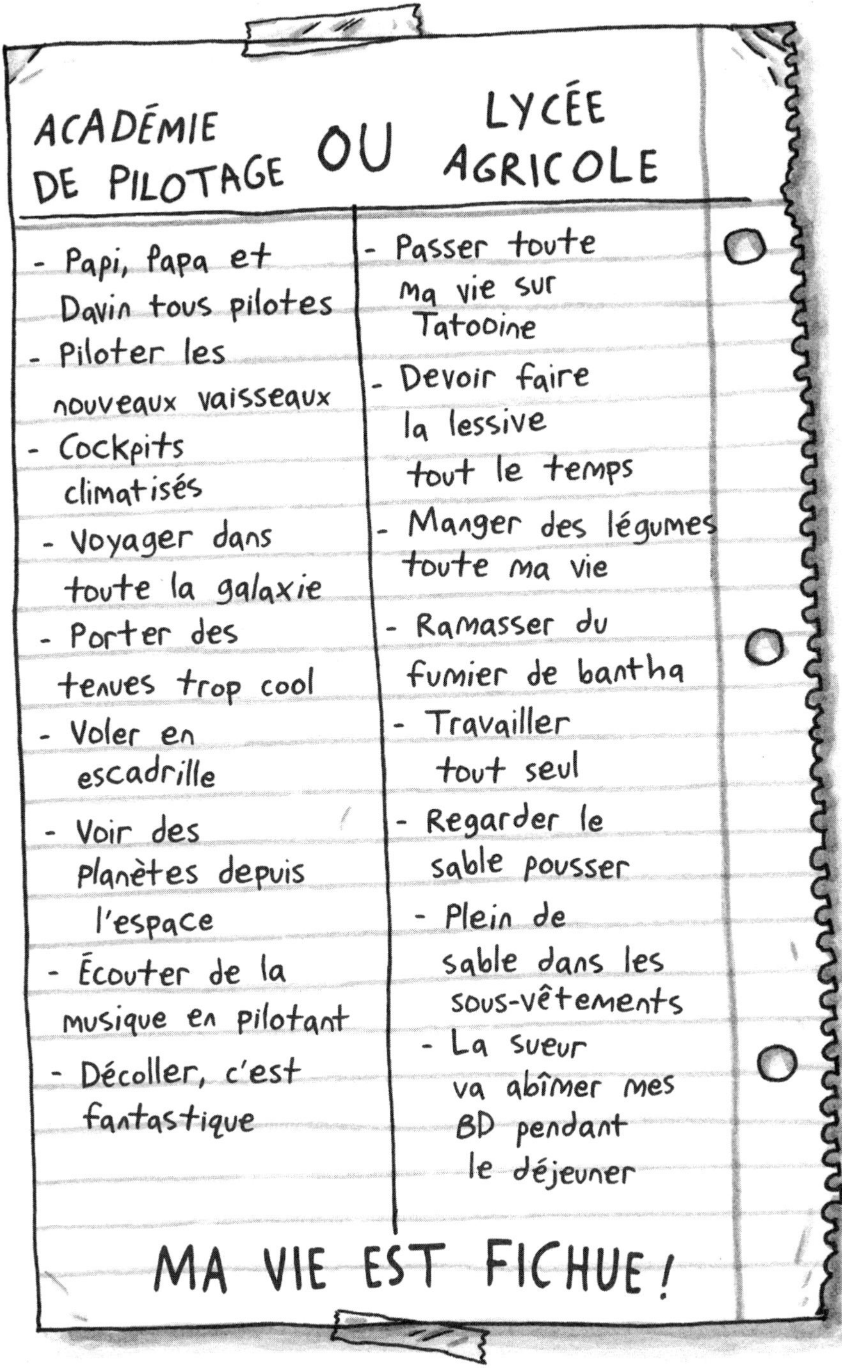
ACADÉMIE DE PILOTAGE OU LYCÉE AGRICOLE
- Papi, Papa et Davin tous pilotes
- Piloter les nouveaux vaisseaux
- Cockpits climatisés
- Voyager dans toute la galaxie
- Porter des tenues trop cool
- Voler en escadrille
- Voir des planètes depuis l'espace
- Écouter de la musique en pilotant
- Décoller, c'est fantastique
- Passer toute ma vie sur Tatooine
- Devoir faire la lessive tout le temps
- Manger des légumes toute ma vie
- Ramasser du fumier de bantha
- Travailler tout seul
- Regarder le sable pousser
- Plein de sable dans les sous-vêtements
- La sueur va abîmer mes BD pendant le déjeuner
MA VIE EST FICHUE !

DUODI (Pire duodi de ma vie)

Maman me répète que ce n'est pas la fin du monde, alors que si, complètement, bien sûr ! Attends, je vais fermer ma porte et crier aussi fort que je peux...

Voilà, je suis revenu. Mais ça ne change rien. Toute ma vie, j'ai voulu être pilote. Sauf quand j'avais quatre ans : je voulais piloter des speeders-poubelles. Je ne sais même pas <u>pourquoi</u> je ne peux pas aller à l'Académie ! Et maintenant, je vais décevoir Papa et Davin. Quand Reg et Jax le sauront, ils vont me trouver nul. C'est comme si l'~~univaire~~ univers voulait me rappeler que je ne deviendrai pas pilote.

NON, OLLIE. ROAN <u>PAS</u> VOLER.

Par exemple, le même jour que ma lettre de refus, j'ai aussi reçu le nouveau numéro de Yuzzum's : Catalogue de

technologie spatiale. Je n'ai pas pu lire les articles, tellement j'étais fâché... Je n'ai même pas regardé les images. Je devrais annuler mon abonnement.

Et me préparer pour le lycée agricole de Tatooine, parce que je n'ai plus le choix. Mais pourquoi on m'envoie là-bas ? Voilà ce qui est arrivé aux couplages énergétiques des vaporateurs quand j'y ai touché en cours de technologie :

Avant Roan !

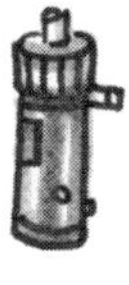

Après Roan.

Bon. C'est sans espoir. Je suis fichu.

FICHU.

Maman, tu as besoin que j'aille au jardin ?
Oh, oui... Tu pourrais planter les h'kak ?
Merci, Roan. C'est gentil d'aider sans qu'on te le demande.
C'est que, je veux m'entraîner, sinon j'échouerai aussi au lycée agricole.
Voilà !
Peut-être que j'y arriverai, en fin de compte.
Fichu.

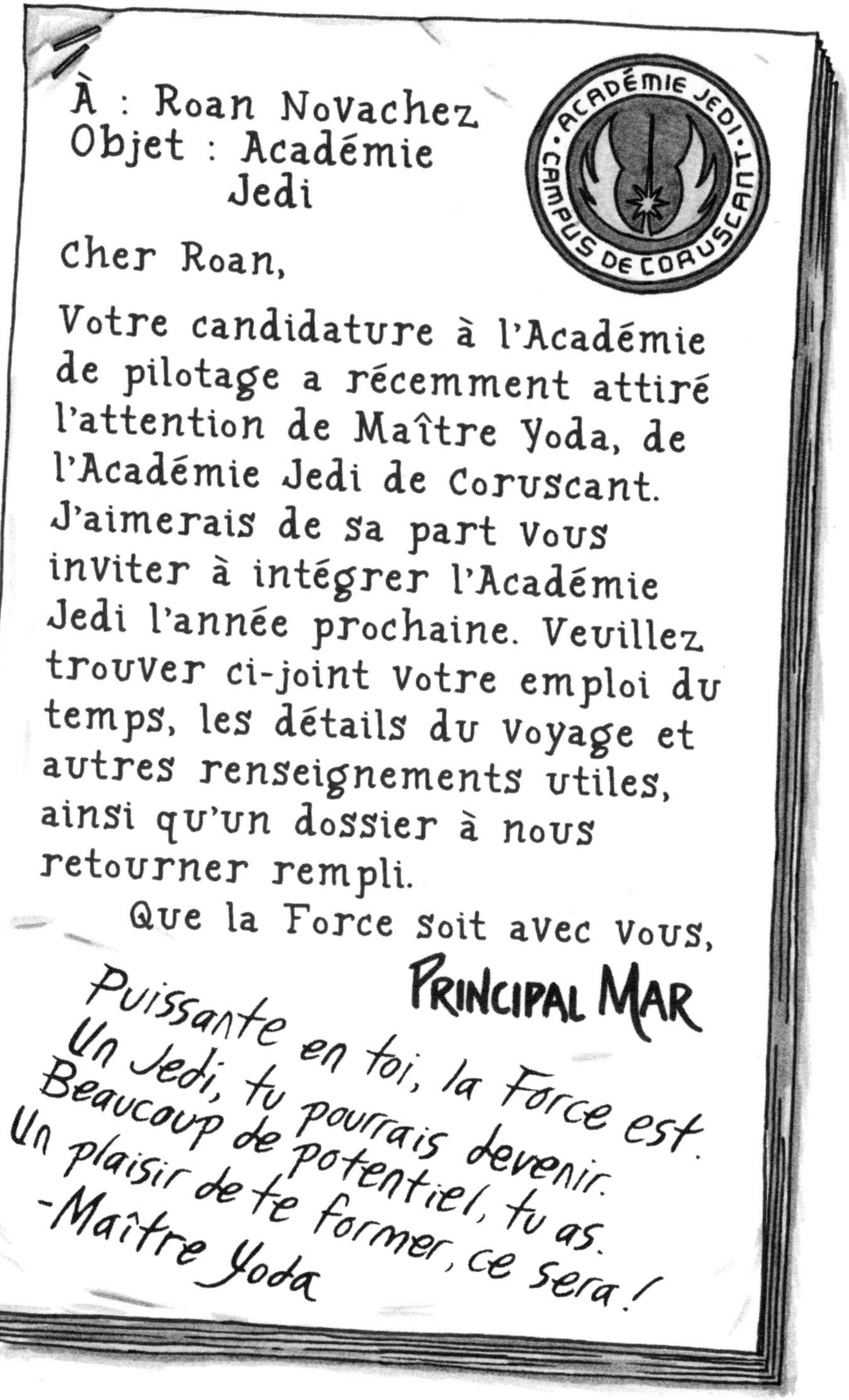

ACADÉMIE JEDI · CAMPUS DE CORUSCANT

À : Roan Novachez
Objet : Académie Jedi

Cher Roan,

Votre candidature à l'Académie de pilotage a récemment attiré l'attention de Maître Yoda, de l'Académie Jedi de Coruscant. J'aimerais de sa part vous inviter à intégrer l'Académie Jedi l'année prochaine. Veuillez trouver ci-joint votre emploi du temps, les détails du voyage et autres renseignements utiles, ainsi qu'un dossier à nous retourner rempli.

Que la Force soit avec vous,

PRINCIPAL MAR

Puissante en toi, la Force est.
Un Jedi, tu pourrais devenir.
Beaucoup de potentiel, tu as.
Un plaisir de te former, ce sera !
-Maître Yoda

PENTADI

Maintenant, je sais où je vais : l'Académie Jedi. C'est pas mal. Je sais que les Jedi ont une sorte d'épée laser, ce qui a l'air plutôt sympa, mais Maman a dit que c'était dangereux. Je ne sais pas quand les Jedi utilisent ces épées, parce que ce sont des diplomates ou des protecteurs, il me semble. Lorsque j'en ai parlé à Jax et Reg, ils m'ont traité de menteur, parce qu'on n'entre à l'Académie Jedi que lorsqu'on est un petit. Je leur ai montré les papiers, et ils ont éclaté de rire, en disant que j'allais dans une école de bébés. Enfin bon. C'est sur une planète qui s'appelle Coruscant, qui est très loin :

De toute façon, aucune importance : Maman a déjà renvoyé le dossier, je pars la semaine prochaine.

Ce sera toujours mieux que le lycée agricole.

BIENVENUE À L'ACADÉMIE JEDI
Située sur la planète métropole Coruscant, l'Académie Jedi est la plus grande institution de formation de chevaliers Jedi. Ce complexe moderne a tout le nécessaire pour fournir le meilleur apprentissage Jedi et amener les initiés au plus haut niveau.

F.A.Q. DE L'ACADÉMIE

QU'EST-CE QU'UN JEDI ?

Un Jedi est un guerrier diplomate qui défend la paix et la justice dans la galaxie.

QUELS OUTILS UTILISENT LES JEDI ?

Les Jedi utilisent un sabre laser, une sorte d'épée d'énergie pure, et la Force.

QU'EST-CE QUE LA FORCE ?

La Force est un champ d'énergie invisible, créé par tous les êtres vivants. C'est la Force qui permet aux Jedi d'accomplir des choses extraordinaires, comme la télékinésie (déplacer des objets par la pensée).

LES ÉTUDIANTS APPRENDRONT-ILS LA PERSUASION ?

La persuasion par la Force permet d'influencer les pensées et décisions d'autres êtres conscients. Cette technique ne sera pas enseignée aux débutants.

ET LE CÔTÉ OBSCUR DE LA FORCE ?

Le côté obscur est un aspect de la Force né des émotions négatives, comme la colère ou la haine. Les élèves de l'Académie Jedi apprendront à lui résister.

QUI ASSURERA LES COURS ?

Le corps enseignant compte plusieurs Jedi confirmés, dont Maître Yoda, qui a plusieurs siècles d'expérience.

RENCONTREZ LES PROFESSEURS
PRINCIPAL MAR
Science, Philosophie
MAÎTRE YODA
Maîtrise de la Force
Mme PILTON
Maths, Histoire
KITMUM
Éducation physique
M. GARFIELD
Sabres laser, Arts ménagers
DOCUMENTALISTE LACKBAR
Littérature, Arts
RW-22
Conseiller pédagogique
T-P30
Tuteur
(2e semestre)

Les étudiants sont logés au pensionnat de l'Académie Jedi, où ils apprennent auprès de véritables chevaliers Jedi expérimentés.

Toutes sortes de sujets sont abordés : histoire galactique, science, combat au sabre laser, mathématiques, politique, arts, rédactions, utilisation de la Force.

Au réfectoire, les étudiants ont l'occasion de découvrir la cuisine de toute la galaxie.

Des amitiés éternelles se forment lors d'excursions intergalactiques dans toute la République, pour une éducation culturelle complète.

COUCOU ROAN,
MAMAN DIT QUE TU ÉTAIS DÉÇU DE NE PAS ENTRER À L'ACADÉMIE DE PILOTAGE, MAIS JE SUIS FIER DE TOI : DEVENIR UN JEDI EST UN GRAND HONNEUR ! TU APPRENDRAS BEAUCOUP DE CHOSES, ET JE SUIS SÛR QUE TU T'AMUSERAS BEAUCOUP (SURTOUT SI TU COMMENCES À UTILISER LA FORCE). TU POURRAS TOUJOURS TENTER DE DEVENIR PILOTE L'ANNÉE PROCHAINE, MAIS ESSAIE D'ABORD L'ACADÉMIE JEDI, POUR VOIR.

BISOUS, PAPA

P.S. : JE T'OFFRE LE MÊME INSIGNE QUE SUR MA COMBINAISON. RAPPELLE-TOI, JE CROIS EN TOI.

Roan, c'est l'heure de partir. Tu es prêt? Tu as fait ton sac?
Je crois. Livres, journal, crayons, carnet à dessin, lecteur de musique, holophone, skateboard, BD...
Et tes vêtements?
Oups!
Fais vite!
HOP HOP HOP
C'est trop tard pour changer d'avis?
Tout va bien se passer. Je t'aime!
STOP
Salut M'man! Salut Ollie!

Je suis perdu…
Eh! Eh, toi!
Tu es le nouveau? Comment tu t'appelles? Moi, c'est Pasha.
Roan.
Salut, le nouveau!
Voici Bill.
BEEP BO BLEEP!
RW-22 dit "Bienvenue à l'Académie Jedi."
Dégage!
C'est qui?
Un nouveau.
BOUM!

Je suis Roan.
Super. Tu viens d'une autre école?
Je suis nouveau.
Hein? Tu es trop vieux pour être nouveau.
Qu'est-ce que tu as de spécial?
Oui, on s'entraîne tous depuis des années, et toi tu arrives comme ça?
Moi, je voulais surtout devenir pilote.
Tu dois te prendre pour un dur, mais je vais te montrer qui est le meilleur.
C'était qui?
C'était Cronah, et Cyrus et Jo-Ahn...
Moi, c'est Tegan. Voici Gaiana.
Salut.
D'où viens-tu, Roan?

Tatooine.
Tatooine ? C'est où ?
C'est une planète ?
Oh, j'en ai entendu parler. C'est le désert, non ?
Lui, c'est Egon.
Salut.
Dites... Vous savez où sont les chambres ?
Oui, on va suivre RW-22.
BEEP BOOP !
Tu dois être puissant pour débuter aussi tard !
Pas vraiment. Enfin... Je ne crois pas...
BEEP
Voilà ta chambre. Tu peux ranger ta valise là-haut.
Comment je la monte ?
Oh, avec la Force !

Roan, tu dois être.
Je dois être quoi ?
Maître Yoda, je suis. Content de te voir, je suis.
Hein ?
Hé hé hé.
Euh, content de vous rencontrer, Maître Yoda.
Ooh, content de me rencontrer, tu es, hein ? Hé hé.
Euh… Quoi ?
Beaucoup à apprendre, tu as, hm ? Beaucoup à comprendre.
?
Hé hé hé.

Pensées sur Maître Yoda

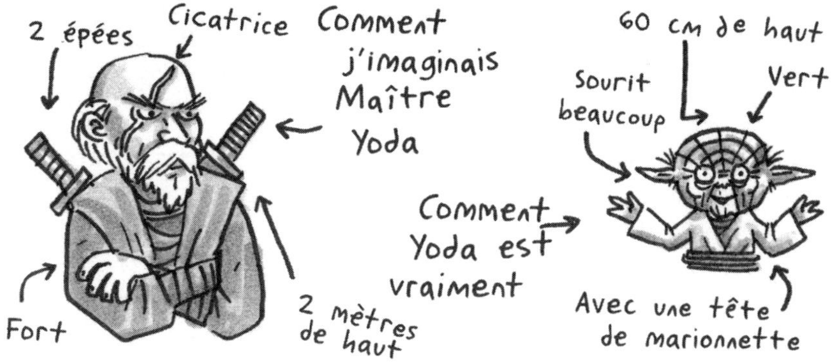

Tout mélangé, il parle.
À l'envers, ses mots sont.

Très, très ridé.

Je comprends la moitié de ce qu'il dit. Il a sept cents ans. C'était peut-être plus facile de le comprendre il y a deux siècles ?

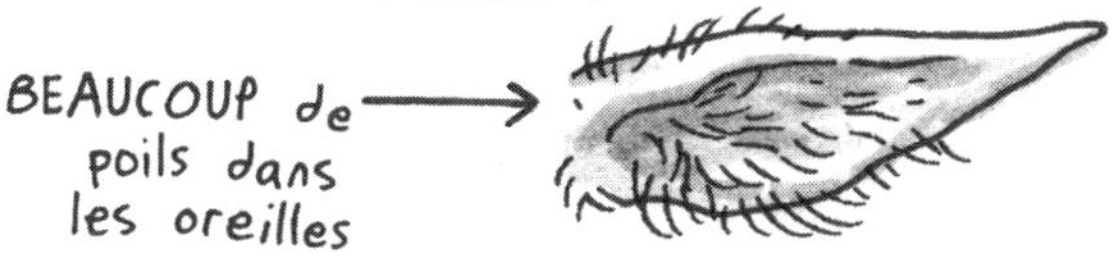

Environ 10 R.P.M. (rires par minute)
15 H.P.M. (Hmmms par minute)

* Peut-être qu'il enseigne au lieu de faire le Jedi parce qu'il est devenu sénile ?

ÉLÈVE : ROAN NOVACHEZ

NIVEAU : PADAWAN | SEMESTRE : UN

PROFESSEUR : MAÎTRE YODA

EMPLOI DU TEMPS

ACADÉMIE JEDI · CAMPUS DE CORUSCANT

07:30 – 08:50 : TÉLÉKINÉSIE PAR LA FORCE (BASES)
MAÎTRE YODA ENSEIGNERA COMMENT SOULEVER DES OBJETS AVEC LA FORCE (ROCHERS, DROÏDES, BOÎTES...)

09:00 – 09:50 : HISTOIRE GALACTIQUE
Mme PILTON RACONTERA AUX ÉLÈVES LA FORMATION DE LA RÉPUBLIQUE, L'ORIGINE DES JEDI ET AUTRES SUJETS.

10:00 – 10:50 : ALGÈBRE
Mme PILTON ENSEIGNERA AUX ÉLÈVES DES ÉQUATIONS MATHÉMATIQUES DE HAUT NIVEAU TRÈS UTILES DANS LA VIE.

11:00 – 11:50 : SCIENCES
LE PRINCIPAL MAR FERA MENER AUX ÉLÈVES DE NOMBREUSES EXPÉRIENCES SELON LA MÉTHODE SCIENTIFIQUE.

12:00 – 13:00 : PAUSE DÉJEUNER

13:00 – 13:50 : ARTS ET LITTÉRATURE
LA DOCUMENTALISTE LACKBAR PRÉSENTERA AUX ÉLÈVES LES ŒUVRES D'ART ET DE LA LITTÉRATURE MAJEURES DE TOUTE LA GALAXIE.

14:00 – 15:00 : CONSTRUCTION D'UN SABRE LASER (INITIATION) M. GARFIELD ENSEIGNERA AUX ÉLÈVES COMMENT ASSEMBLER LEUR PROPRE SABRE LASER.

15:00 – 15:50 : ÉDUCATION PHYSIQUE
KITMUM AIDERA LES ÉLÈVES À RESTER EN FORME GRÂCE À PLUSIEURS EXERCICES ATHLÉTIQUES.

Oh, les couloirs sont vides! Je vais arriver le premier en cours!
En retard, tu es. Commencée, la leçon est.
Oh non! J'étais encore à l'heure de Tatooine!

MONODI

Bon, je suis arrivé il y a deux jours, et je sais déjà que je n'ai rien à faire ici. Vraiment. Même mon t-shirt de l'Académie Jedi est trop petit.

Les autres élèves sont gentils, mais ils ~~aitu~~ étudient la Force depuis qu'ils sont petits, et je ne comprends pas forcément de quoi ils parlent. Je pensais que "la Force", c'était juste une expression : "Que la Force soit avec vous", pour moi, c'était comme "Bonne chance" ou "À plus tard". Mais non. C'est une <u>vraie</u> force. Comme la gravité, à part qu'on peut s'en servir. Enfin, les Jedi y arrivent. Je ne suis pas sûr d'en être capable... Les autres disent qu'on passe une partie de chaque matinée à "sentir la Force". On va sans doute rester assis à regarder par terre...

Je vais m'entraîner au sabre laser, ce sera sans doute le seul truc amusant ici.

Mon professeur pour ce cours-là, c'est M. Garfield, que j'ai déjà rencontré. Je crois qu'il ne m'aime pas trop, il ne m'a même pas parlé. Mais il dit toujours plus de choses que la professeur de sport, Kitmum. Enfin, quand je comprends, parce que c'est une Wookiee. Sinon j'étais trop perdu pour me rappeler le nom des autres professeurs. Je vais aller dans ma chambre. J'ai une fenêtre, mais la vue n'est pas terrible.

Euh, vous pensez que je peux m'asseoir ici?
Oui.
Euh, où... Euh, vous...
Là. Tu peux t'asseoir là.
Où ça?
Juste là, par terre.
Ha Ha Ha!
Ho Ho Ho!
Mais... C'est même pas drôle.

DEVOIR

NOM DE L'ÉLÈVE : *Roan* **18/20 A**

À RENDRE : *Quaddi prochain*

QUESTION 1 : D'où vient le pouvoir du Jedi, et pour quelles raisons un Jedi l'utilise-t-il?

de la Force ✓

Pour la connaissance et la défense ✓

QUESTION 2 : Nommez trois choses dont un Jedi doit se méfier car elles mènent au côté obscur.

1. colère ✓ *2. ~~impatience~~ peur* ✓

3. haine **ok - agressivité**

QUESTION 3 : Comment un Jedi arrive-t-il à ses fins?

A. Essayer B. Ne pas essayer (C. Faire) ✓

D. Ne pas faire E. Aucune des propositions.

QUESTION 4 : Quels sont les cinq principes essentiels du code Jedi?

1. Savoir vs ignorance ✓ *2. Harmonie vs chaos* ✓ *3. Paix vs émotion* ✓

4. Sérénité vs passion ✓ *(5.)* **-1**

Les trucs que dit Yoda
Un Jedi doit être autonome, hmm? Apprendre à cuisiner, un Jedi doit.
Hmmm. Soupe.
Yoda a fait cette tête-là pendant cinq minutes.
Décidé à apprendre, le Jedi est, oui? Beaucoup de cours, il faut suivre. Et beaucoup de tests...
Jeune, comme vous, j'ai été.
Plein d'énergie, hmm? Plein d'idées.
Mais moins intelligent que sept cents ans plus tard.

tourne tourne tourne
tourne tourne tourne tourne tourne tourne tourne tourne tourne tourne
Tu veux de l'aide, Roan?
Non, ça va, merci !
Pourquoi gardes-tu TOUS tes livres? Tu devrais en poser dans ton casier.
J'aime bien les avoir sur moi.
Si j'en ai besoin.
On ne sait pas toujours de quel livre on aura besoin.

TRIDI

J'ai enfin cru sentir la Force, la semaine dernière. J'avais la tête qui tournait, et je me sentais bizarre. On m'a dit que j'avais parlé bizarrement, puis que je me suis évanoui. Je me suis réveillé une heure plus tard dans une cuve à bacta (super, à part que j'étais en sous-vêtements). Le droïde

médical m'a dit que je n'avais pas assez mangé et dormi. En fait je ne sentais pas la Force, j'étais juste épuisé. Ce n'est pas de ma faute ! J'ai encore du mal

avec le réfectoire, parce que les plats sont VRAIMENT bizarres. Des tentacules rôtis ? Beurk. J'ai enfin goûté. Ce n'est pas mauvais, si on a très faim. Et j'ai du mal à dormir, parce qu'il se passe trop de choses, je me sens perdu. VRAIMENT perdu la moitié du temps. Essayer de s'y retrouver dans le temple Jedi, c'est comme traverser le spatiodrome de Mos Eisley quand on ne sait pas ce qu'est un spatiodrome !
Lorsque je me perds, je cherche quelqu'un que je reconnais et je le suis.

Cyrus et Cronah sont dans la même classe que moi, alors j'ai essayé de les suivre, jusqu'à ce qu'ils me regardent bizarrement. Tout le monde en sait plus que moi, ils s'entraînent depuis des années. Et je suis le seul qui vient de Tatooine, en plus, encore une bonne raison de partir à l'Académie de pilotage. Enfin, les devoirs sont faciles, à part sentir la Force. Tout le monde a un avis d'ailleurs :

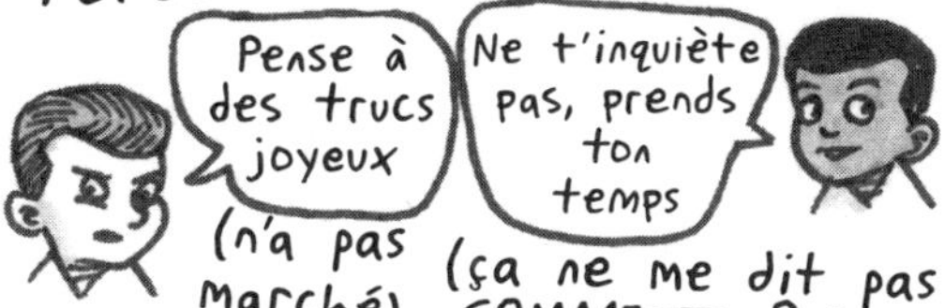

(n'a pas marché) (ça ne me dit pas COMMENT faire)

Egon m'a regardé

sans rien dire (mais gentiment, au moins)

Alors le week-end dernier, des élèves m'ont proposé de les ~~acom~~ accompagner voir un holofilm. J'ai dit que je me sentais mal (facile, après m'être évanoui), mais je voulais rester tout seul pour dessiner. Je rêvassais dans ma chambre, assis devant mon journal, quand ça s'est passé :

Tout était différent, mais pas vraiment... Je crois que j'ai TOUJOURS senti la Force en fait, sans jamais savoir ce que je sentais !

Ro,

Désolé de ne pas t'avoir écrit depuis un moment, on était en exercice dans le système de Hoth. Heureusement que tu n'es pas à l'Académie de pilotage, on vient de passer deux semaines à se geler sur une planète de glace!

Tous mes copains sont impressionnés que tu sois à l'Académie Jedi. Ce n'est pas pour te mettre la pression, mais c'est vraiment important. Tu vas devenir super fort! Mais je serai pilote avant que tu sois un Jedi!

Dav

P.S. : Je te préviens que la persuasion ne fonctionne pas sur les grands frères!

Allez Cyrus !
BOUM !
Oh, qui a fait ça ?
Qui soulève le ballon avec la Force ?

Bases de la télékinésie

1. Videz votre esprit (sauf l'objet à soulever)
2. Utilisez la Force pour soulever l'objet*

CONSEILS

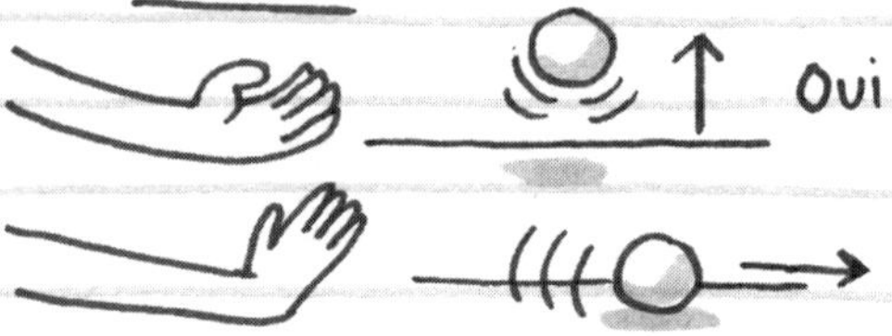

* La taille ne fait aucune différence

Les Jedi n'utilisent pas la Force par fainéantise, mais les Padawan doivent ~~essayer~~ (on n'essaye pas) s'entraîner : utiliser la Force pour allumer la télévision, faire à manger, ranger.

DEVOIRS : être capable de porter un livre du sol jusqu'à la table la semaine prochaine.

Aujourd'hui, vous entraîner à soulever, vous allez.
Déplacer ce verre d'eau de la table au bureau, il faut.
Roan, en premier, tu peux passer, hmm?
Concentre-toi...
Hmm. Contrôler le mouvement, il faut.
splash!
Ha Ha Ha!
Hi Hi!
Ho Ho!
À moi.
Oh!
splash!

Les trucs que dit Yoda
Ça tombe, ça tombe.
En retard en classe, un Jedi n'est jamais.
Sauf pour une bonne raison.
Parfait, personne n'est. Même les Jedi.
Hé hé!
À qui sait attendre, à point, tout vient, hm?
Patient, tu dois être.
Mais pas fainéant, hmm!

Eh, Roan, viens voir.
Je n'arrive pas à ouvrir mon casier. Tu pourrais essayer ?
Oh...
D'accord. Tu as la combinaison ?
Merci !
17-12-9
Tourne
Tourne
Tourne
Et voilà !
EH ! Qu'est-ce que tu fais dans mon casier ?
Euh, je...
Gnark gnark !

Holomail

DE : maître_yoda_642
À : Classe Padawan
SUJET : Informations importantes pour la sortie

OPTIONS
◀ RÉPONDRE
▶ TRANSFÉRER
▢ IMPRIMER
○ POSTER SUR HOLOBOOK

QUAND : SEMAINE SEPT

OÙ : LA PLANÈTE KASHYYYK

OBJECTIF : Étudier la culture et la technologie wookiee, et plusieurs écosystèmes de Kashyyyk. Élargir l'horizon des élèves.

ACTIVITÉS : Les étudiants observeront une réunion officielle du conseil wookiee, visiteront un village wookiee, et camperont dans des forêts de Wroshyr pour étudier la flore.

NOTES : Les élèves seront accompagnés par plusieurs Jedi, mais ils traverseront des zones habitées par des katarns et des tisseuses, qui s'attaquent aux petites créatures.

ACCOMPAGNANTS : Maître Yoda, Kitmum et RW-22.

PENSER À APPORTER : Carnet et stylo, holocaméra, chaussures de randonnée, dictionnaire français/wookiee, chaussettes de rechange, casse-croûte, bouteille d'eau, goût de l'aventure.

DUODI

Nous sommes rentrés de Kashyyyk et je voulais coller des photos, mais je ne retrouve plus mon holocaméra. J'ai fouillé dans tous mes sacs. Alors quelque part sur Kashyyyk, il y a une holocaméra pleine de photos de moi debout devant des trucs.

Bon, je vais dessiner. Voici le village wookiee. →

Notre première activité a été d'assister au conseil, et je pensais que ce serait rigolo, parce que les Wookiees sont des gros monstres poilus. Mais c'était RASOIR. Les Wookiees sont très civilisés,

même s'ils agitent les bras et grognent beaucoup. Kitmum traduisait pour nous, mais ça veut juste dire qu'elle grognait aussi. Au moins, elle pouvait nous faire visiter. Quand l'heure est venue de partir, il a fallu réveiller Cronah (qui avait bavé sur sa chemise).

Ronald a pris beaucoup de notes. Je pense qu'il veut se présenter comme délégué de classe. Alors le conseil wookiee lui aura servi à quelque chose.

Je dois dire que Kashyyyk est très impressionnante. J'ai adoré le camping. Les arbres sont immenses ! On a passé une grande partie de la matinée à tout ranger sur notre bantha.

Oui, il y a des banthas sur Kashyyyk, comme sur Tatooine !

Ils ont aussi de drôles de créatures, et Yoda nous disait de faire attention. Difficile de savoir s'il était sérieux, parce qu'il passe son temps à rire…

Nous sommes allés au camp à pied, puis nous sommes partis explorer. Ça a mal commencé, parce que Gaiana s'est fâchée après moi, pour un accident. En fait, elle ne m'a plus parlé pendant tout le voyage.

J'étais tellement gêné, alors je me suis éloigné. On devait se retrouver au camp à 16:00, mais Pasha avait disparu ! RW-22 n'a pas pu nous aider, parce qu'il ne roule pas très bien dans la forêt. Yoda nous a divisés en groupes pour le chercher.

Par où faut-il aller ?
J'ai vu Pasha partir par là...
Tu es sûr ? Tous les chemins se ressemblent.
Oui.
Sur ma planète, on s'oriente en regardant le Soleil.
Hein ?
On sait dans quelle direction on va en regardant la position des ombres.
Pasha !
Enfin ! Comment m'avez-vous trouvé ?
C'est Roan.
Il a suivi le Soleil, je crois.
Merci, Roan.
J'ai mal à la cheville.
On va t'aider.
Merci les gars.
Roan, comment on utilise le Soleil pour s'orienter, déjà ?
Bien agi, vous avez.

Content qu'on soit rentrés avant la nuit.
Pourquoi ? Parce qu'on ne verrait plus rien ?
Non, à cause du fantôme !
Le fantôme wookiee est un esprit enragé qui hante les forêts de Kashyyyk et écrase entre ses gros bras les voyageurs perdus !
Ben quoi ? C'est une histoire. Je plaisante.
URR?
Euh...
AAAAAHHH !
Sauve qui peut !
RAORRR?
Gratt
Gratt

ANNONCES!

NOUVEAU

Club d'holoéchecs!

RDV salle 304

ON RECHERCHE :

- Rédacteurs
- Illustrateurs
- Photographes

Travaillez pour le meilleur journal du temple Jedi.

* Compte pour un bonus dans la moyenne

RAPPEL

Date limite d'inscription aux élections : hexadi prochain

Recyclez vos holoconteneurs!

ENTRAÎNEMENT AU SABRE LASER après le cours de sport. SOYEZ À L'HEURE! (supervisé par M. Garfield)

CONFÉRENCE PAR LE PROFESSEUR Albert le Hutt "La physique de la Force" Quaddi à 12:00

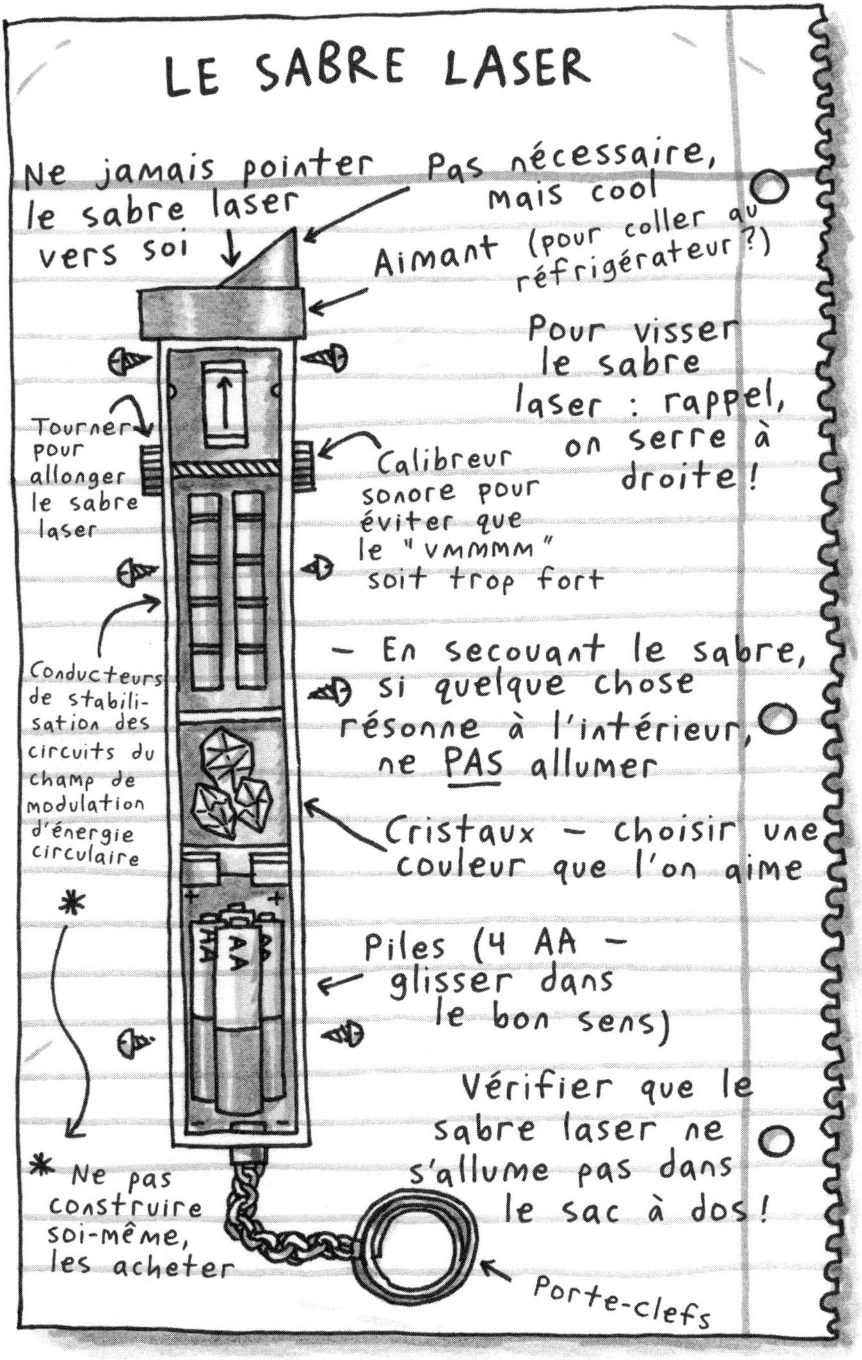
LE SABRE LASER
Ne jamais pointer le sabre laser vers soi
Pas nécessaire, mais cool
Aimant (pour coller au réfrigérateur ?)
Pour visser le sabre laser : rappel, on serre à droite !
Tourner pour allonger le sabre laser
Calibreur sonore pour éviter que le "VMMMM" soit trop fort
Conducteurs de stabilisation des circuits du champ de modulation d'énergie circulaire
– En secouant le sabre, si quelque chose résonne à l'intérieur, ne PAS allumer
Cristaux – choisir une couleur que l'on aime
AA
AA
Piles (4 AA – glisser dans le bon sens)
Vérifier que le sabre laser ne s'allume pas dans le sac à dos !
* Ne pas construire soi-même, les acheter
Porte-clefs

Bien, branchez les stabilisateurs, nous allons tester vos sabres.
Tout le monde a bien mis ses lunettes ?
Clic
VVVMMMMMMMMM
Clic
VVVMMMMMMMMM
Clic
VVVMMMMMMMMM
Clic
VMMMKrrrr.
Je peux changer de binôme ?
SPSSShhhhh...

Coucou petit frère,
Tu te rappelles que tu dessinais des BD du Pilote Ewok? On a eu des manœuvres près d'Endor, alors j'ai pu aller prendre des photos de vrais Ewoks. Tu pourras peut-être t'en servir pour dessiner dans le journal de l'école? Bon, je n'ai pas appris grand-chose de nouveau sur les Ewoks : ils sont petits, poilus, ils disent "Yub yub" et "Ee Choya!"
ssent à la lance. Et ils
s des arbres. On dirait que
tant mieux,

Merci à tous d'être venus ! Nous avons beaucoup de travail pour publier le prochain numéro du journal à l'heure...
Shi-Fara, tu couvres le tournoi d'escrime au sabre laser.
Silva, l'exposition scientifique.
Gaiana, tu rédiges ton édito-conseil.
Jo-Ahn, tu fais un holoscope.
Greer, tu prends des photos.
Carter, tu t'occupes de la maquette.
Et... Roan, tu es nouveau. Que sais-tu faire ?
Euh... Des bandes dessinées ?
Ha ha ! C'est drôle. Tu en as avec des chiens qui parlent ?
J'ai un projet qui s'appelle "Pilote Ewok"...
Yub yub
Super !
Il pourrait rencontrer des chiens qui parlent !

TRIDI

La semaine s'est bien passée. J'ai avancé sur ma BD "Pilote Ewok" pour l'Observateur Padawan, et j'ai eu un "A" pour ma rédac sur l'effet économique de la supernova Cron sur les itinéraires commerciaux galactiques. Cette semaine, on a tous travaillé à notre projet scientifique. Presque tout le monde fait quelque chose qui parle de la Force : Bill étudie l'impact écologique de la Force près des rivières, Gaiana utilise la Force pour produire un meilleur sirop antitussif... Je ne sais même pas utiliser la Force. Enfin, pas quand je veux. D'après Cronah, soulever des crayons par ~~accidan~~ accident, ça ne compte pas. J'allais faire un projet sur les chasseurs stellaires, mais Cronah et Cyrus ont dit que je copiais sur eux. Ce serait plus facile de trouver une idée chez moi. Ici, il y a trop de bruit, c'est difficile de se concentrer. Finalement, les endroits ennuyeux peuvent être utiles.

Puisque je ne trouvais pas d'idée pour mon projet, Pasha m'a suggéré de fabriquer un volcan miniature. Je sais que ça a l'air simple, mais j'ai fait des recherches sur la planète volcanique de Mustafar, et pour mon modèle, j'ai inclus des détails de roche en fusion et de minerais liquéfiés et des informations sur la façon dont la croûte de la planète affecte l'activité magmatique.

Conseil de Yoda sur la méthode scientifique Jedi :

J'ai aussi aidé Pasha sur son projet : il avait besoin que quelqu'un prenne des mesures pendant qu'il testait l'efficacité de son prototype de renforceur d'efficacité de cristal (en gros, j'écrivais des chiffres). Après cela, Pasha m'a aidé à peindre mon volcan. Nos deux projets sont bien. J'espère avoir un A !

Qu'as-tu fait, Roan ?
Une réplique complète du système volcanique de Mustafar...
Euh...
Un peu plus, alors ?
FIZZZZZZZ
BOUM!
Euh...
Ha ha !
Gnark !
Hi hi !

Hmm... Très ressemblant, ce volcan est !
Oh, Roan, je suis désolé. Il ne reste presque rien de ton projet, hein ?
Non... Je n'ai trouvé que ce morceau...
C'est la réplique exacte de l'usine de traitement TechnoUnion qui exploite les minerais rares de Mustafar.
Vraiment ? On dirait un papier de bonbon.
Oh. Tu as raison. C'est un vieux papier de bonbon.

L'Observateur Padawan

PAR LES ÉLÈVES DE L'ACADÉMIE JEDI · VOL. MXII #7

L'EXPOSITION SCIENTIFIQUE DE CORUSCANT FAIT BOUM!

Cette année, l'exposition scientifique a fait du bruit! Au sens propre du terme, même, grâce à l'incident du "Volcan de Mustafar" de Roan Novachez. Maître Yoda ne pense pas que l'accident ait été causé par "mauvaise utilisation de la Force". Quelle que soit la raison, le volcan de Roan a explosé et arrosé les élèves et professeurs de toutes sortes d'ingrédients culinaires. Shi-Fara s'est classée première grâce à son droïde, qui a tout nettoyé en quinze minutes sans rien casser. La deuxième place va à Egon Reich pour sa machine à mouvement perpétuel mue par la Force, qui a toutefois cessé de fonctionner peu après la fin de la compétition. (Suite p. 2)

SOMMAIRE :

HEXADI

Puisque je ne soulève que de petits objets avec la Force, Bill a proposé de m'aider à m'entraîner le week-end dernier, et a amené RW-22 dans ma chambre. Bill s'est assis, s'est concentré, et RW-22 s'est soulevé d'un coup. Bill a dit que ça l'aide d'imaginer

que RW-22 a des fusées dans les pieds. C'était un peu bête, mais vu mes échecs, ça valait le coup d'essayer. Alors je l'ai regardé, j'ai tendu la main et j'ai

essayé de sentir la Force et d'imaginer RW-22 décoller sur des fusées.

RW-22 n'a pas bougé. Il a commencé à siffler et bipper, et à tourner la tête. Même Bill ne comprenait pas ce qu'il disait, mais ça n'allait pas. On a calmé RW-22, et quand j'ai réessayé, il a fini par bouger : pas en l'air, mais pour partir en roulant. Il s'est arrêté pour me lancer un dernier "Bip" agacé. Je ne sais pas ce que j'ai fait,

mais RW-22 allait bien quand je l'ai revu après. Il avait peut-être tout effacé de sa mémoire...

Les trucs que dit ~~Yoda~~ Kitmum
RAWUARRRRR RRRRR!!
* Bravo tout le monde, je suis fière de vos efforts.
RWOARRR
Personne ne sait de quoi elle parlait, là...
REAROWWRR
RAWARR!
* Je ne trouve plus mon sifflet!
RWEARRRGH?!
* Quelqu'un a pris mon sifflet?!
RWAR!
* Oh, je le tenais à la main!

Les élections des délégués sont bientôt. Qui veut faire un article ?
Moi !
Ronald ? Que fais-tu ici ?
Je vais couvrir les élections.
Ronald, tu ne fais pas partie de l'équipe. Et tu es candidat aux élections, tu ne peux pas t'en occuper.
Pour-quoi ?
C'est un conflit d'intérêt.
Mais j'aurai des informations exclusives et confidentielles.
Shi-Fara, tu te charges des élections.
Mais j'ai déjà écrit la première partie de mon article : un portrait de candidat.
Laisse-moi deviner, le tien ?
Oui, avec mon programme.
Tu vas me laisser écrire l'article.
Non.
Tu VAS me...
Tu ne sais pas encore faire ça, Ronald.
S'il te plaît ?
Non.

Arts et littérature
Documentaliste Lackbar
Œuvres importantes de la galaxie

*Important pour l'examen

La Mona Jedi

– La femme dans ce tableau a un sourire mystérieux qui évoque le mystère de la Force.

Le Penseur Jedi

– Cette sculpture exprime la concentration nécessaire pour utiliser la Force.

Persistance de l'Hyperespace

Tatooine Got

- Un portrait de simples fer qui contraste avec l'aristo Naboo.

ROAN,
JE ME PRÉSENTE AUX ÉLECTIONS DES ÉLÈVES. TU POURRAIS ME DESSINER QUELQUES AFFICHES ? BILL

ROAN
MERCI POUR CES AFFICHES, ELLES SONT SUPERBES ! TU M'AS BEAUCOUP AIDÉ !
BILL
Idées d'affiches
Pourquoi tout le monde s'y intéresse tellement ? Je dois trouver d'autres idées d'affiches.
Un type bien pour vivre bien
ON NE VEUT PAS JOUER AUX BILL-ES. VOTEZ RONALD.
ROAN,
Puisque tu fais des affiches pour Bill, tu vas en faire pour moi aussi, hein ? Fais-en une de moi debout sur Bill.
RONALD
– "Ronald le Gros Naze"
– "Ne vous trompez pas trop-nald"
– "L'Académie Jedi, l'esprit tran-Bill"
VOTEZ BILL
UNE VOIX QU'ON ÉCOUTE ET QUI VOUS ÉCOUTE.
Charme. Ambition. Expérience. RONALD.
"Le mauvais changement, c'est mauvais. Réélisez Ronald"

Tu ne trouves pas que ces affiches sont un peu trop négatives?
Peut-être.
NE VOUS TROMPEZ PAS TROP-NALD
VOTEZ BILL
ON NE VEUT PAS JOUER AUX BILL-ES !
VOTEZ RONALD
Si vous votez pour moi, je ferai de mon mieux pour, euh... M'occuper de vous.
Et rendre l'Académie Jedi encore meilleure. MM.
Merci.
clap
clap
clap
J'aimerais remercier mes adversaires. Et vous tous, ici même.
Mesdames et messieurs, ces élections sont une question de choix. Le vôtre.
J'espère que vous choisirez l'intégrité, la volonté de servir, et l'excellence.
J'espère que vous me choisirez. Merci!
CLAP CLAP CLAP CLAP CLAP CLAP CLAP CLAP CLAP CLAP CLAP CLAP CLAP CLAP
Oh, c'était un bon discours.
Eh bien tu n'as qu'à voter pour lui!
clap clap clap clap clap

HEPTADI

Ouf, les élections des délégués des élèves sont finies. Mais ça aura fait beaucoup de travail juste pour me fâcher avec mon copain. Je m'amusais bien à faire des affiches pour Bill, trouver des slogans et les dessiner. Au début, j'ai refusé d'en faire pour Ronald, mais il me demandait tout le temps, il me faisait des compliments, et j'ai fini par accepter. Pasha m'a dit que j'avais fait assez d'affiches, et m'a montré le couloir. Je me suis peut-être laissé emporter.

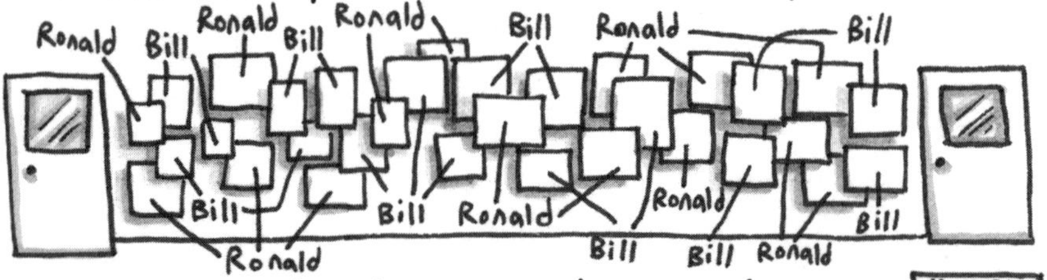

J'étais content, tout le monde aimait mes affiches, mais après, Bill a commencé à m'éviter. Il a dû se sentir trahi parce que j'avais fait des affiches pour Ronald, et je m'en suis voulu. Surtout que Ronald me disait ce qu'il voulait, et que je ne pouvais rien créer. Mais Cyrus et Cronah me parlaient, presque gentiment. Ils me disaient tout le temps : "Tu vas voter pour Ronald,

pas vrai ?" et je ne répondais rien, juste un vaguement mouvement de tête, parce que bien sûr, j'allais voter pour Bill. Plus tard, Pasha, Egon et moi avons commencé nos devoirs de maths. Parfois, c'est compliqué, mais j'essaie de me rappeler que c'est juste une façon de compter. Par exemple, $x^2-12x+27=0$. On ne peut pas compter ça sur ses doigts. Bill est doué en maths, mais quand je lui ai proposé de venir avec nous, il a dit qu'il voulait finir son devoir d'histoire. C'était peut-être vrai, mais j'ai l'impression qu'il est fâché.

Roan,
regarde !
Cool !
Regarde
ça !
Plie
Plie
Plie
Plie
Plie
Oh ! Moi j'ai fait
le looping en utilisant
la Force.
Tu t'es dessiné
comme pilote,
là ?
Oui.
Cool.

QUADDI

Je ne sais pas pourquoi il a fallu aussi longtemps pour compter les votes des élections, mais nous avons appris aujourd'hui que Bill n'est pas élu. J'ai voté pour lui, mais il ~~Man~~ m'en veut quand même.

Je n'aurais pas dû faire toutes ces affiches pour Ronald !

RAOWRRRAR !
AROOWRRARRR !
On y va, pas la peine de crier.
Han !
J'ai réussi !
Euh...
Quelqu'un peut m'aider à descendre ?

RÉUNION DU CONSEIL DES ÉLÈVES DE L'ACADÉMIE JEDI
Rapport spécial pour l'Observateur Padawan
Par Roan Novachez
16:05
Je déclare cette réunion ouverte.
VP Silva, présent.
Secrétaire Mary, présente.
16:06
Je propose une motion pour me féliciter de cette réélection.
16:07
Ah oui, et félicitations à vous aussi.
16:08
1er point : choisir un thème pour le bal.
La Saint-Valentin ?
L'es-pace ?
L'océan ?
La musique ewok ?
La BD ?
Les marion-nettes ?
Les zombies ?
Le foot ?
La Force ?
16:15
(Tout le monde réfléchit.)
16:25
Les sabres laser ?
Objection ! On l'a déjà fait.
Je demande un vote.
Moi oui !
Deux contre un...
L'OBSERVATEUR PADAWAN
VOL. MXII #8

16:26
Qui doit organiser le bal?
Moi.
Gaiana et Carter voulaient m'aider. Roan, tu dessines des affiches?
16:28
3 voix contre 0 pour que Roan fasse les affiches.
16:37
Deuxième point : lever des fonds pour le tournoi de sabre laser.
16:40
Pourquoi pas une vente de gâteaux?
Bonne idée.
16:42
Troisième point : Silva a besoin d'aller aux toilettes.
16:50
Quatrième point : dix minutes de pause entre deux cours, est-ce suffisant?
Non.
Pas vraiment.
Pas d'accord.
16:55
Nous demanderons donc à Maître Yoda une pause de quinze minutes entre les cours.
16:56
Non.
Hé hé!
16:58
Je déclare cette réunion du conseil terminée.
On réveille Roan ou pas?
Zzzzzzz
L'OBSERVATEUR PADAWAN
VOL. MXII #8

Comment parler comme RW-22

BEEP BO BEEP BLOOP = Bonjour, voulez-vous que je vous aide à faire vos devoirs en sifflant et en bippant ?

BEEP BOOP BOOP = Je te vois !

BEEP BOOP BE BOOP BEEP BOO ! = Je n'aime pas ce que vous faites et je vais vous donner une décharge avec mon bras.

BEEP BEEP BO BOOP = Je vais dire à Maître Yoda comme vous êtes sages (ou toutes les bêtises que vous avez faites).

Eh, Silva!
Oui Cronah?
Tu peux m'ouvrir ça?
Euh, oui.
Merci!
Eh!
pschitt!
PLOPIE
Pourquoi vous faites ça?
Bêêêêê-êêê!
Bêêêêê-êêê!
Bêêêêê-êêê!
Je ne suis pas une chèvre!
Attention, il est fâché. Alors la chèvre, tu vas manger nos déchets?
Ha ha.

Ne les écoute pas, Silva !
Ils essaient de jouer aux durs pour se rassurer.
Merci, les filles.
Hé hé hé.
Vous ne devriez pas être méchants avec Silva...
Roan, Roan, Roan...
Roan, Roan, Roan, Roan, Roan, Roan, Roan, il rit comme un âne...
Ha !
Ha ha ha !

ÇA SE PASSE COMME SA(bre laser) !
BAL DE L'ÉCOLE
*N'apportez pas vraiment votre sabre laser, ce serait dangereux. Bâtons lumineux fournis.
HEPTADI PROCHAIN @19:00
ENTRÉE GRATUITE
Proposé par le conseil des élèves.
Ronald Rinzler, président

Salut Ro,

Merci de m'avoir envoyé des exemplaires de l'Observateur Padawan. C'est cool que tu aies ta propre bande dessinée. On n'a même pas de dessins dans le journal de l'Académie de pilotage. J'espère que tu envoies aussi un exemplaire à Papa et Maman!
En parlant de Papa et Maman, ne leur dis PAS mais je sors avec une fille d'ici. Elle est mécanicienne et elle s'appelle Énowyn.
Tiens, voilà un dessin.
Bon, c'est toi qui sais dessiner, d'accord. Je sais que tu t'es fait de bons amis, mais une fille à emmener au bal, ce serait bien. Mais pas nécessaire, hein! Bonne chance pour tes partiels!

DAV

P.S. : Quand tu rentreras pour les vacances, tu pourras me montrer comment tu utilises la Force... En rangeant ma chambre?

Ils sont durs, ces devoirs.
Oh que oui !
C'est moins drôle que de construire un sabre laser, même avec M. Garfield.
Oui.
Tu as quoi comme réponse à la sept ?
La télépathie est la capacité de sentir les pensées d'autrui. Et toi ?
Quoi ? J'ai mis "trois cent quatorze" !
Hein ?
Attends... Tu révises l'histoire des pouvoirs Jedi ?
Non, l'algèbre.
Oh non, on a aussi de l'algèbre pour demain ?
On n'est PAS couchés.

PENTADI

Cette semaine, je me suis beaucoup entraîné pour le bal. Mary dirige, et Gaiana, Carter et moi, nous l'aidons. On a passé quelques après-midis à travailler les affiches. Je fais beaucoup d'affiches, ici, alors à défaut d'Académie de pilotage, je pourrais faire ce métier-là, si je ne deviens pas Jedi.

Les autres ont déjà tout compris... Pasha sait faire plein de choses, Cyrus est très athlétique... La semaine dernière, il nous a alignés à quatre, et il a sauté par-dessus nous.

Certes, on est les quatre plus petits de la classe. Egon est calme et concentré.

Tegan a beaucoup de contrôle et sait commander. Gaiana a de la compassion. Moi, je sais dessiner, mais je ne suis pas sûr que ce soit important pour un Jedi… Au moins les autres élèves sont sympas. Les affiches terminées, Carter a proposé qu'on dîne ensemble, mais le réfectoire était fermé. On est allé manger une pizza ; bonne, mais MOINS que celle de Maman, cuite aux deux soleils de Tatooine.

Je me suis couché trop tard, et ça a été dur de me lever. J'ai dû éteindre mon réveil au lieu de le repousser, et j'ai failli arriver en cours en retard.

Roan-
Ollie est impatient que tu rentres pour les vacances. Il t'a même fait un dessin!
Bisous,
Maman
Je ve etre un jedi com Rome

Eh, Bill, je voulais m'excuser pour les élections.
Ne t'inquiète pas, j'ai trouvé plus important que la politique... La musique !
BAL
ce soir
Maintenant, je suis DJ !
ALLEZ, TOUT LE MONDE SUR LA PISTE !
Zut ! Tous mes copains dansent. Avec qui je vais parler ?
Eh, Roan, tu viens avec nous ?
Oh, euh, pas encore...
Je vais me resservir...

Roan, tu ne veux pas danser? Tu es au comité, alors tu es obligé, non?
Eh bien... Je ne sais pas danser.
C'est facile! Tu écoutes la musique, et...
... Tu bouges les bras et les jambes!
Gnark!
Ha!
Ne t'inquiète pas. On a TOUS l'air un peu bête lorsqu'on danse.
ALLEZ, ON SE REPOSE AVEC UN SLOW.

Tu... Euh... Tu...
Oh, oui.
Nous sommes entourés de couples !
Euh...
Ah...
Où est-ce...
Comme ça.
J'espère qu'elle ne sent pas comme je sue !
C'EST TOUT POUR CE SOIR, MERCI D'AVOIR DANSÉ !
Merci pour cette danse, Roan.
Avec plaisir.
Une bonne danse, c'était, hein ? Hé hé hé.

MONODI

Je dors mal ces derniers jours, je ne sais pas pourquoi. Au début, je pensais que j'avais bu trop de soda au bal, mais ça n'explique pas les nuits d'après. Je me sens ~~nair~~ nerveux. Je ne suis toujours pas très doué pour soulever des choses avec la Force, mais j'essaie. J'arrive à soulever des livres… Enfin, UN livre. Un seul à la fois. Et seulement les petits livres de poche. Pas les gros livres reliés. Yoda me répète qu'il faut arrêter d'essayer, mais ça ne veut rien dire. Cyrus s'est moqué de moi ce matin.

Eh, Pasha... Tu as déjà, euh... Embrassé une fille ?
Si j'ai embrassé une fille ? Euh, oui, bien sûr.
Ça m'est arrivé. Plusieurs fois.
Oui, moi aussi. La semaine dernière, d'ailleurs.
Et toi, Roan ?
Oh, oui. Bien sûr, enfin...
Personne n'a jamais embrassé personne, c'est ça ?
Ma mamie, ça compte ?

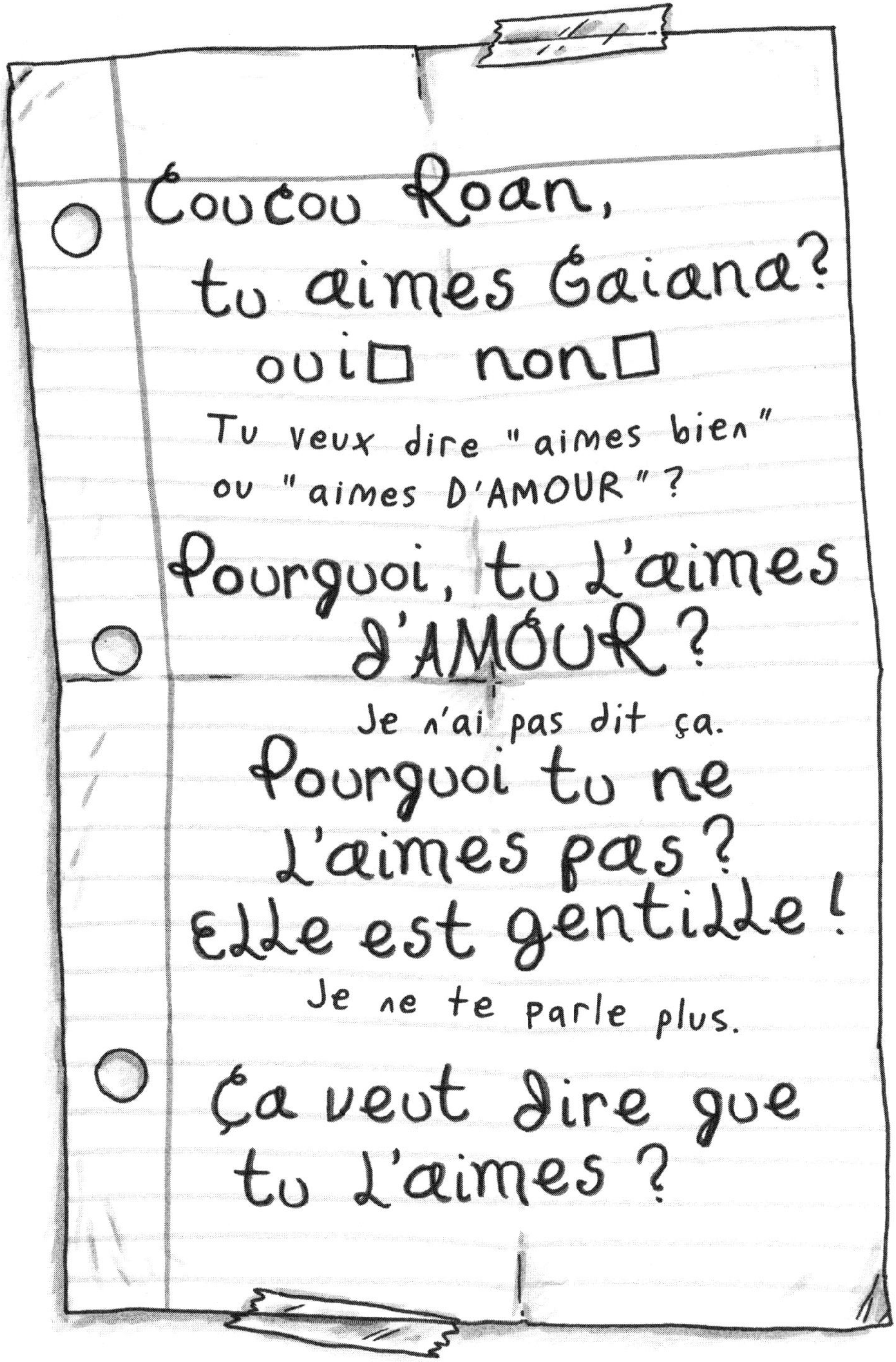
Coucou Roan,
tu aimes Gaiana?
oui☐ non☐
Tu veux dire "aimes bien" ou "aimes D'AMOUR"?
Pourquoi, tu l'aimes d'AMOUR?
Je n'ai pas dit ça.
Pourquoi tu ne l'aimes pas?
Elle est gentille!
Je ne te parle plus.
Ça veut dire que tu l'aimes?

Eh, Roan, tu veux jouer aux jeux vidéo ?
Je suis occupé.
Occupé ?
Je révise, là.
Oh, soulever avec la Force ?
Ouais.
Ça marche ?
Non.

DUODI

J'ai réussi à finir mon dossier sur la sculpture antique chez les Mandaloriens quelques jours avant la date, et la documentaliste Lackbar m'a donné un A. J'ai déjà passé mon examen chez Mme Pilton. Elle sourit beaucoup, mais je ne sais pas si c'est parce qu'on est bons ou parce qu'elle est contente de nous voir.

Plus qu'un examen : soulever avec la Force. J'ai appris que quand Yoda rit, c'est bon signe. Alors avec de la chance, il sera de bonne humeur et rira beaucoup.

Bien travaillé, tu as. Hé hé!
À ton tour, Roan.
Flap
Hmmmm.
Jo-Ahn ?
Ce n'était pas un "hmmm" de "bon travail", n'est-ce pas ?
Je ne crois pas.

ÉLÈVE : ROAN NOVACHEZ

NIVEAU : PADAWAN | SEMESTRE : UN

CLASSE : MAÎTRE YODA

BULLETIN DE NOTES

ACADÉMIE JEDI · CAMPUS DE CORUSCANT

COURS	COMMENTAIRE	NOTE
TÉLÉKINÉSIE PAR LA FORCE (MAÎTRE YODA)	En retard, Roan est. D'essayer, il doit arrêter, et faire.	D+
HISTOIRE GALACTIQUE (Mme PILTON)	Excellent. Très bonnes illustrations dans ses devoirs.	A
ALGÈBRE (Mme PILTON)	Très bon emploi de la multiplication.	B+
SCIENCES (PRINCIPAL MAR)	BON TRAVAIL. À PART L'EXPOSITION SCIENTIFIQUE.	B
ARTS ET LITTÉRATURE (DOCUMENTALISTE LACKBAR)	Roan a une excellente compréhension et un bon goût esthétique.	A
CONSTRUCTION D'UN SABRE LASER (M. GARFIELD)	BIEN MAIS DOIT ÊTRE PLUS CRÉATIF POUR FABRIQUER SON SABRE.	A-
ÉDUCATION PHYSIQUE (KITMUM)	[illegible]	☹

Que des A ? C'est super, Bill. Et toi, Egon ?
À peu près comme toi, Pasha. Quatre A, trois B.
Et toi, Roan ?
Beaucoup de A, quelques B...
Que des A et des B ? C'est bien. Tu t'en es sorti avec la Force, alors ?
Pas vraiment... J'ai aussi un, euh...
Un quoi ?
J'ai aussi un D+.
Oh.
Ne t'inquiète pas, Roan ! Tu iras mieux après les vacances !
tap
tap
tap

YODA EN VACANCES
Rire tout seul
Hé hé !
Oups... Pas des mauvaises herbes, ce ne sont.
Désherber le jardin
HMMMM.
PHILOSOPHIE ET DIALECTIQUE DE LA PRATIQUE JEDI VOLUME 38
Lire ses livres en retard
Bronzer à la plage
Mmmh, délicieux, c'est.
Préparer de la soupe.

Salut Roan.
Bonnes vacances !
Toi aussi, Pasha !
PFSHHH !
ROOOOAN !
Hé, Ollie !
Maman, ça va, je suis grand !
Je suis contente que tu sois rentré.
Tu vas pouvoir m'aider à la maison !

QUADDI

C'est bizarre d'être rentré. Déjà 6 mois à l'Académie Jedi ! Et pourtant, je n'ai pas l'impression d'avoir fait des progrès. Et encore moins d'être pilote. Les deux derniers numéros du trimestriel Pilote sont arrivés et je ne reconnais aucun vaisseau. Je suis allé plusieurs fois à la bibliothèque du temple Jedi pour me renseigner sur les nouveaux chasseurs.

Mais à chaque fois, la documentaliste Lackbar m'a parlé pendant une heure et je n'ai rien lu. L'autre truc bizarre à la maison, c'était Dav. Surtout sa moustache. Je la trouve drôle.

Mais Maman le trouve beau. Ollie est très différent. Il parle beaucoup plus. Et même si je ne soulève pas grand-chose avec la Force, ça l'impressionne beaucoup !

Ça doit être bien d'avoir l'âge d'Ollie. On ne pense pas à l'école et tout le monde s'occupe de toi. On te donne à manger, et on ne fait que jouer et lire. On n'a pas le droit de veiller tard par contre, comme on fait avec Dav (sauf un soir où il devait appeler sa COPINE).

Papa aussi est à la maison, il m'a posé plein de questions sur l'Académie Jedi. Mais quand il parle à Dav de trucs de pilotes, je me sens un peu à part. Je ne peux même plus parler à Reg et Jax. Je les connais depuis tout petit et on n'a plus rien à se dire.

Je trouve ça bizarre d'avoir hâte que les vacances se terminent...

La grande aventure des vacances : Papa qui essaie de prendre une photo de famille sur l'holocaméra.

... Et on travaille sur des nouveaux droïdes qui arrosent les champs sans se plaindre...
Salut !
Salut, Reg et Jax !
Alors, Roan... L'Académie JEDI ?
C'est bien. Les autres élèves sont très sympas.
Vraiment ? Ils ne sont pas étranges ?
Euh, non.
Vous faites des trucs bizarres ?
Et tu as vu le nouveau J-47 ?
C'est quoi ?
Le chasseur qu'on va piloter après les vacances.
Allez, à plus !
Salut !
J'ai construit un sabre laser.
Qu'est-ce que c'est ?

Holomail

DE : pashawan
À : roan_pilote17
SUJET : Salut Roan!

OPTIONS
◀ RÉPONDRE
▶ TRANSFÉRER
■ IMPRIMER
● POSTER SUR HOLOBOOK

Salut Roan!

Merci du conseil, je suis allé sur la planète de glace Hoth, je me suis bien amusé. Je n'ai pas vu de wampas. Et toi, bonnes vacances? Tu as fait des choses sympas?
Ne laisse pas ton frère t'embêter avec Gaiana. Je sais que vous êtes seulement amis. Enfin, pour le moment? Désolé, je n'ai pas pu résister!
On se reverra à l'Académie,

Pasha

P.S. : Tout le monde va poster des photos de ses vacances, alors mets aussi tes aventures!

[voir photos]

holobook
GALERIE PHOTOS ▶ ACADÉMIE JEDI ▶ VACANCES
X_O
X_O
X_O
X_O
X_O
X_O
300 300 300 300
400 400
500 500 500
BILL
400
1205
200
COMMENTAIRES(23) ▼

Oh, Gaiana...
Salut, Gaiana !
Oh, Roan ! Tu as passé de bonnes vacances ?
Oui.
...
On se voit plus tard ?
Euh... Et tes vacances ?
Salut copain.
Oh...

ÉLÈVE : ROAN NOVACHEZ

NIVEAU : PADAWAN | SEMESTRE : DEUX

PROFESSEUR : MAÎTRE YODA

EMPLOI DU TEMPS

ACADÉMIE JEDI · CAMPUS DE CORUSCANT

07:30 – 08:50 : UTILISATION DE LA FORCE
MAÎTRE YODA CONTINUERA À ENSEIGNER COMMENT SOULEVER DES OBJETS DE PLUS EN PLUS GROS.

09:00 – 09:50 : PRINCIPES DE LA FORCE
MAÎTRE YODA EXPLIQUERA LES DIFFÉRENTS ASPECTS DE LA FORCE ET SA PHILOSOPHIE.

10:00 – 10:50 : MATHÉMATIQUES DE LA PHYSIQUE
MME PILTON ENSEIGNERA AUX ÉLÈVES DES ÉQUATIONS MATHÉMATIQUES GOUVERNANT LES LOIS DE LA PHYSIQUE, ET LA MANIÈRE DE CONTOURNER CES LOIS.

11:00 – 11:50 : BIOLOGIE NON-HUMAINE
LE PRINCIPAL MAR INTRODUIRA LES ÉLÈVES AUX FORMES DE VIE CONNUES DANS LA GALAXIE – AVEC VISITES AU ZOO ET AU MUSÉE.

12:00 – 13:00 : PAUSE DÉJEUNER

13:00 – 13:50 : POÉSIE MANDALORIENNE ANTIQUE
LES ÉLÈVES ÉTUDIERONT LA POÉSIE DE CETTE CULTURE ANTIQUE ET ÉCRIRONT LEURS PROPRES ŒUVRES AVEC LES CONSEILS DE LA DOCUMENTALISTE LACKBAR.

14:00 – 15:00 : ÉDUCATION PHYSIQUE
KITMUM ENTRAÎNERA LES ÉLÈVES AVEC LES EXERCICES JEDI TRADITIONNELS.

15:00 – 15:50 : COMBAT AVANCÉ AU SABRE LASER
M. GARFIELD ENSEIGNERA AUX ÉLÈVES DES TECHNIQUES CLEFS DU DUEL.

QUADDI

En rentrant à l'Académie après les vacances, je me suis dit : "ça fait du bien de rentrer chez soi". C'était bizarre, parce que j'en venais, de chez moi. En arrivant sur Coruscant, j'ai croisé une patrouille de chasseurs stellaires et ça m'a fait de la ~~pai~~ peine. Mais j'étais content de retrouver mes amis.

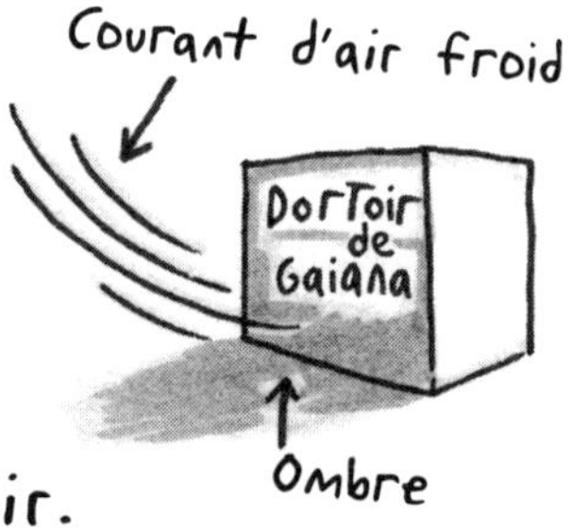

Pasha m'a demandé si j'essayais de voir Gaiana exprès, parce que je passe beaucoup de temps près de son dortoir. Mais en fait, après une semaine sur Tatooine, j'avais besoin d'air frais. Comment je pouvais savoir que Gaiana était là ? Après, je me suis rendu compte que Pasha avait raison, et que j'aime beaucoup Gaiana. Je ne peux rien dire, parce que je suis sûr qu'elle me prend pour un ami.

Pasha et Egon s'entraînent pour le tournoi de sabre laser, alors je suis allé m'entraîner aussi, mais ça ressemble à n'importe quoi. Tout le monde saute dans tous les sens et bouge son sabre. Ils disent qu'ils se sont déjà battus, alors j'ai peut-être tort. Pasha a dit qu'il m'expliquerait les bases.

J'étais content de rentrer, mais l'excitation a disparu au premier cours sur la Force. On n'a pas encore repris l'habitude de se réveiller après les vacances, alors j'espère que Yoda ne va pas penser qu'on s'ennuie. Yoda m'a parlé, il croit encore que je peux y arriver. Il a sept cents ans de plus que moi, il doit savoir de quoi il parle. Mais si j'ai encore un D, on va peut-être me renvoyer sur Tatooine. Et s'ils comprennent que je ne peux pas devenir Jedi ?

GAGNEZ DES POINTS BONUS

Rejoignez la FANFARE

Le conférencier Kroeber Loger conseillera les élèves dans l'apprentissage d'instruments pour accompagner la chorale.

ON RECHERCHE : PADAWAN LIVREUR DE JOURNAL

pour l'Observateur Padawan. Apportez la joie des nouvelles aux élèves de l'Académie ! Adressez-vous à Tegan.

ÉQUIPE DE DÉBAT

S'inscrire ou pas ? Participez à notre réunion vendredi soir pour découvrir pourquoi nous rejoindre et ne pas nous rejoindre.

RENCONTREZ NOTRE DROÏDE DE PROTOCOLE

T-3PO

MONODI

à 12:00

Sponsorisé par le club de robotique

PENSEZ À RECYCLER VOS CONVERTISSEURS D'ÉNERGIE

Message du club environnemental

L'OBSERVATEUR PADAWAN VOL.MXII #9

Notre club de robotique aimerait vous présenter son nouveau droïde de protocole, T-3PO.
clap clap clap clap clap clap clap clap clap clap clap clap
Merci, Maître Bill.
C'est un plaisir de vous rencontrer.
Je vais commencer par vous parler de moi.
... Et dix ans seulement après ma construction, je suis parti sur Ossus, où pendant deux semaines, j'ai analysé les dialectes de bla bla bla. Après quoi j'ai passé les dix années suivantes à apprendre deux millions de langages, dont le jawa, le géonosien, le togruti, les cris des banthas, bla bla bla bla bla bla bla bla bla bla bla bla bla bla.
ZZZZZZZZZZZZZZZZZ
Oh là là.
RONFL

TOURNOI DUEL SABRE LASER

SÉLECTIONS LA SEMAINE PROCHAINE !

CINQ PLACES DISPONIBLES
DANS CHAQUE ÉQUIPE.
ÉQUIPE A ENTRAÎNÉE
PAR MAÎTRE YODA.
ÉQUIPE B PAR M. GARFIELD.
L'ÉQUIPE C SERA DANS LES GRADINS
ET ENCOURAGERA LES AUTRES.
ATTENTION AUX ÉTINCELLES !

N'OUBLIEZ PAS D'APPORTER
VOTRE SABRE LASER.

HEXADI À 16:00
AU GYMNASE

Comment Kitmum va-t-elle nous apprendre à nager ? Je croyais que les wookiees n'aimaient pas l'eau.
Sympa ton maillot, Roan.
Je ne dois pas le laisser m'énerver...
Ha ha !
Merci.
Je me moquais de toi !
Oh, ça a marché !
Ha !
RAOWARRRRRR !
ROAWRR RARR !
splash
splash
splash
Hruh Hruh Hruh
Remarque, ça marche, on est tous dans l'eau...

HEXADI

Pasha, Egon et moi, nous nous sommes préparés pour le tournoi. À l'entraînement, on ne se bat pas, on saute et on montre qu'on sait tenir son sabre laser. Puisque je ne peux pas devenir pilote, c'est ce que je peux faire de plus amusant. J'ai fait des progrès pour sauter avec mon sabre laser, même s'il est allumé. C'est moins inquiétant quand on utilise la Force (enfin, en sentant la Force, dans mon cas). J'ai appris à ne pas m'entraîner à l'intérieur. Je suis allé au dortoir après l'entraînement, et je ne sais pas ce qu'il s'est passé, j'ai fait une sorte de saut périlleux, et mon sabre laser s'est allumé, et j'ai coupé un coin du sofa. Maintenant, c'est moi qui m'assieds là, jusqu'à ce qu'il soit réparé, mais c'est normal. Le pire, c'est que Yoda m'a vu faire. Il a vu que je m'en voulais, et a essayé de me remonter le moral, même si je ne sais pas si c'était positif. Je crois que Yoda m'aime bien.

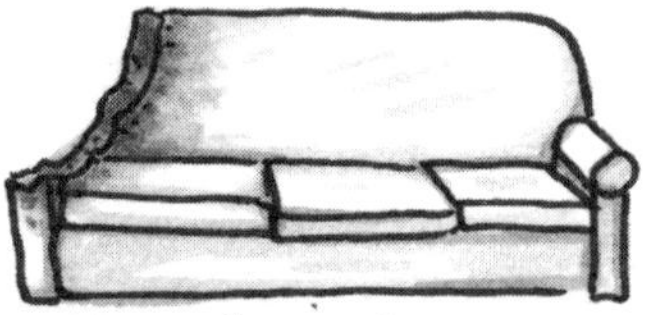

M. Garfield, par contre, ne m'aime vraiment PAS. Je pense qu'il n'aime PERSONNE, d'ailleurs. C'est sûrement un très bon Jedi, mais cette semaine, il remplace le principal Mar, et c'est l'horreur. M. G. nous a fait une interro surprise sur l'histoire de l'empire de Xim, dans la galaxie Tion, avant la fondation de la République galactique. Nous avons bien essayé de lui dire qu'on n'avait pas encore abordé ce sujet, mais il a répondu

que tant pis, on devait le savoir quand même. On a presque tous eu de mauvaises notes. Sauf Egon et Shi-Fara qui ont eu un A, et du coup les autres avaient

l'air encore plus bêtes. Avec Pasha, nous avons écrit une liste de choses à faire ou pas pendant les cours de M. Garfield…

OUI	NON
– Écouter TRÈS, TRÈS attentivement	– Attirer l'attention
– Avoir l'air de travailler	– Faire du bruit
– Se tenir droit	– Sourire (ou pire, rire !)

Qu'est-ce qui vous fait rire, au fond?
Ha ha ha!
Hé hé!
Euh rien, M. Garfield.
Montrez-moi ça!
Qui a dessiné ça?
Ce n'est pas nous. C'est Roan!
Oui, il dessine tout le temps.
Quoi? Mais non, c'est pas moi!
Je suis très déçu, M. Novachez.
Gnark.
Merci, les gars.

Les trucs que dit ~~Yoda~~ M. Garfield
UN JEDI DOIT ÊTRE SÉRIEUX. SÉRIEUSEMENT. SI, SI.
POURQUOI RIEZ-VOUS ?
JE SUIS SÉRIEUX.
SEULS LES FORTS SURVIVENT.
SAUF SI PLUSIEURS FAIBLES SE METTENT EN GROUPE.
MAIS ILS SONT QUAND MÊME FAIBLES.
IL FAUT SUIVRE SES PASSIONS.
SAUF SI C'EST UNE PERTE DE TEMPS.
DE TEMPS EN TEMPS, IL FAUT LAISSER LIBRE COURS À SA NATURE SAUVAGE !

Hmm. Le suivant pour les qualifications de duel...
Roan est.
Course sur 100 m
Test d'endurance
Saut
Précision
Triple saut périlleux
Parade de lasers
Bew!
Bew!
Bew!
Toupie
Très bien. Merci, Roan.
S'il y a un bonus pour la sueur, je suis qualifié !
Beurk.

TRIDI

Je crois que mes qualifications se sont bien passées. C'était beaucoup de travail, mais par rapport à la ferme sur Tatooine, c'était facile. RW-22

et T-3PO chronométraient les épreuves, mais T-3PO parlait tout le temps et nous a distraits.

Silva est tombé pendant qu'il courait, mais il avait l'air content d'être disqualifié. Yoda voulait lui donner une autre chance, mais M. Garfield a dit ⟶ qu'il fallait en tirer une leçon. Pasha, Egon et moi, nous voulions continuer de nous entraîner après les qualifications,

alors nous avons mis notre argent en commun pour commander notre propre droïde d'entraînement. Il flotte et lance des petits lasers piquants. Je deviens assez doué pour dévier les tirs, parce que ça finit par faire mal, quand même.

Gaiana, Tegan et Shi-Fara sont venues s'entraîner une ou deux fois avec nous. Gaiana est douée. J'essaie de la regarder (pour m'inspirer de sa technique). Je vais lui demander si elle veut s'entraîner davantage la semaine prochaine. On a aussi prêté notre droïde à Cyrus. Il avait dit qu'il ne l'emprunterait que quelques heures, mais Pasha a dû aller le récupérer au bout de deux jours. Lorsqu'on l'a repris, il était cabossé et un des lasers ne fonctionnait plus. Et il y avait quelque chose de collé dessus. Egon a dit qu'il s'y attendait, mais Pasha et moi étions surpris. Egon dit qu'on est trop gentils. À mon avis, c'est une bonne chose, d'être gentil. Mais on ne prêtera plus le droïde à Cyrus.

Ce sont des yeux ?
Ça y ressemble !
Eh, Roan, montre-moi ton biscuit.
Non, pas question.
Quoi ? Pourquoi ? Juste une seconde.
Non.
Alors je vais te le prendre.
SLUUUURP !
SLURP
SLURP
SLURP
SLURP
Tiens, alors.
Beurk
C'était très efficace, Roan.
Mais un peu dégoûtant.
Oui, même moi je n'en veux plus, maintenant.

Les trucs que dit Yoda
Mal dans leur peau, les élèves violents sont. Hmm. Au côté obscur, la colère mène.
Les ignorer, il faut. Votre attention, ils ne méritent pas.
Grands, souvent ils sont, hmm ?
Mais ne compte pas, la taille.
Petites, parfois, les brutes sont.
Faire preuve de compassion, un Jedi devrait. Pas écraser les autres, hmm ?
Hmm. Elle-même, une brute se déteste, plus qu'autrui.
S'inquiéter de l'avis des autres, un Jedi ne doit pas.

RW-22 n'arrive pas à afficher la présentation.
BEEP BOOP
Quelqu'un sait le faire fonctionner ?
Voyons... Si on règle ça...
Prends ce stylo, Roan.
Je vais... Il faut...
Essaie de taper dessus, Pasha.
Là.
clank
Bon, aujourd'hui, on va devoir faire le cours sur les mains.
PHYSIQUE ÉLECTRO-DYNAMIQUE

PILOTE EWOK

Par Roan Novachez

HOLOSCOPE!

par Jo-Ahn

RANCOR La Force est puissante en vous aujourd'hui.	**WAMPA** Vous ne trouverez en cours que ce que vous y apportez.	**BOGA** Je sens une grande perturbation dans votre journée.
BANTHA C'est la journée idéale pour embrasser un Wookiee.	**NEXU** Mauvais jour ! Autant rester au lit.	**DEWBACK** Attention aux droïdes qui vous bipent !
NERF Parfois, c'est plus facile de travailler en équipe.	**TAUNTAUN** Soyez efficace, ça vous rendra heureux.	**MYNOCK** Ne vous inquiétez pas, ça ne sert à rien !
SARLACC Utilisez vos émotions !	**ACKLAY** N'oubliez pas, restez souple.	**OPEE** C'est un beau jour pour dormir.

L'OBSERVATEUR PADAWAN VOL.MXII#12

RAOWRR!
ROWR! HRUR WOARRAHH!
Mais qu'est-ce que je fais là?
Ouf!
Ha! Je l'ai attrapée!
BOUM!
On a gagné?
Non, mais tu as éliminé Cronah en attrapant sa balle!
Ça, c'est mieux qu'une victoire!

Holomail

DE : maître_yoda_642
À : Classe Padawan
SUJET : Qualifications du tournoi

OPTIONS
◀RÉPONDRE
▶TRANSFÉRER
▢IMPRIMER
●POSTER SUR HOLOBOOK

Chère classe des Padawan,
Pour ce 149e TOURNOI DE DUEL AU SABRE LASER, les qualifiés sont!

1. Pasha*
2. Cyrus*
3. Jo-Ahn
4. Egon
5. Tegan
6. Cronah
7. Gaiana
8. Shi-Fara
9. Greer
10. Roan

Cliquez ici pour regarder les qualifications

* Par les capitaines (les deux meilleurs qualifiés) les équipes seront choisies.

À tous, FÉLICITATIONS! Hé hé.
Yoda

HEPTADI

J'ai réussi ! Je me suis qualifié pour le tournoi de sabre laser ! Et je crois que c'est mon équipe la meilleure. Pasha est capitaine de l'équipe A, et Cyrus de la B. Aujourd'hui, ils ont choisi les membres. Pasha m'a sélectionné le premier. Je pense que les autres étaient surpris. Je ne suis pas le meilleur, mais Pasha m'a beaucoup regardé m'entraîner.

Cronah devait s'attendre à ce que Cyrus le choisisse en premier.

Je pensais aussi. Mais quand Cyrus a appelé Jo-Ahn, Cronah a fait une drôle de tête. Avec Pasha et moi, il y a aussi Gaiana, Tegan et Egon. Cyrus a pris Cronah, Shi-Fara et Greer. Je suis content de ne pas être dans l'équipe de Cyrus, même s'il a une jolie capuche et tout. Cronah m'a regardé de travers après les sélections, alors je suis content de ne pas être avec lui.

Dire que j'ai failli lui proposer qu'on travaille ensemble, la première semaine. Ç'aurait été la cata !

Le tournoi nous a pris beaucoup de temps, cela dit. Je n'ai pas encore fini mes planches de Pilote Ewok. De toute façon, le prochain numéro du journal sera sans doute en retard : la moitié de la rédaction participe au tournoi. Parfois, il y a tellement de choses à faire, c'est un peu intimidant. Mais mieux vaut s'occuper que penser à l'Académie de pilotage. Quoique je pense un peu moins souvent à devenir pilote… Ça me ferait de la peine de quitter mes amis. Ce soir, Pasha a invité toute son équipe à dîner pour fêter les qualifications. Gaiana m'a demandé de venir la chercher à son dortoir en chemin, pour ne pas être en retard. C'est bizarre, elle n'est jamais en retard, pourtant.

Une heure pour terminer le test, vous avez. Hé!
Eh! On ne copie pas, Roan!
?!

Les principes de la Force

Créatures insensibles à la Force

1. Hutts
   - La persuasion par la Force ne fonctionne pas (Sont-ils trop gros ?)
   - Incapables de courir vite
   - Télékinésie <u>ok</u> (la taille ne compte pas)

2. Toydariens
   - Pas de persuasion par la Force, mais les ruses fonctionnent bien

3. Ysalamiri
   - Créent une bulle qui annule la Force
   - Vivent dans des arbres

Bew!
Bew!
Bew!
Bew!
Bew!
Bew!
Bew!
Bien joué, Roan. Essaie ça aussi : pare en bas...
... Pour bloquer le sabre de l'ennemi, puis riposter.
Super !
Hé, Pasha ! Tu t'entraînes ?
Cyrus et Cronah ! Bonjour.
Eh, Roan, j'espère me battre contre toi. Ça me fera une victoire facile.
Méfie-toi, Cronah. Roan a beaucoup appris.

Ah oui ? Je maîtrise trois nouveaux coups.
Regardez !
Cronah, non ! Attends.
Comme ça !
VVVMMM
Clic !
AÏE !
Zap!
Zap!
Zap!
Zap!
Zap!
On a voulu te prévenir, le droïde d'entraînement détecte automatiquement les sabres laser.
À plus tard !
Moralité, un Jedi doit être toujours prêt.
Je croyais que c'étaient les scouts Padawan ?
Aussi !

Les trucs que dit Yoda
Par la Force, des choses vous verrez.
D'autres lieux. L'avenir. Le passé.
Hé.
Des redifs.
Des épisodes d'holotélévision que vous avez déjà vus.
Par vos yeux, des choses vous verrez !
La faim mène au côté obscur.
La faim rend contrarié !
La contrariété mène à la douleur.
Un bon petit déjeuner, il faut manger.
Hmm. Reprendre de la soupe, je dois.

Roan, tu es inquiet ?
Pour le cours ?
Non, le tournoi.
...
Oh, ça ? Je suis prêt, je crois.
Cronah dit qu'il a hâte de te battre.
Je sais.
... Et dis-lui que j'ai hâte de le voir pleurer, aussi !
Merci Silva, ça ira.
Moi, je suis nerveux.
PLUS TARD
Alors, Roan ? Nerveux ?
Pourquoi tout le monde me demande ça ?
Eh bien, c'est ton premier tournoi.
Ça peut être intense !
Mais... Ce n'est que du sport.
C'est le début de la gloire ! Remporter le tournoi, c'est un HONNEUR, tous les plus grands Jedi l'ont remporté. En perdant, on peut se retrouver à travailler aux champs...
Hmm, je devrais peut-être m'inquiéter...

PENTADI

Je considérerai le tournoi déjà comme un succès si je ne vomis pas avant. On dirait que je suis le seul à m'inquiéter. Pourtant, c'est juste une activité ~~extraso~~ extrascolaire, et ce n'est rien à côté du pilotage ! Je ferai de mon mieux. Et j'espère ne pas affronter Cyrus, ce serait sans doute humiliant. Quoique si Cronah me bat, ce sera pénible aussi.

149E TOURNOI ANNUEL DE SABRE LASER DE L'ACADÉMIE JEDI DE CORUSCANT

Programme

DISCOURS D'INTRODUCTION
par le principal Mar

DÉMONSTRATION
M. Garfield vs Maître Yoda

RENCONTRE N°1
Gaiana (A) vs Greer (B)
Évidemment !

RENCONTRE N°2
Roan (A) vs Jo-Ahn (B)
Je me demande si je serai le seul de mon équipe à perdre...

RENCONTRE N°3
Egon (A) vs Shi-Fara (B)

RENCONTRE N°4
Tegan (A) vs Cronah (B)
Désolé Shi-Fara !

RENCONTRE N°5
Pasha (A) vs Cyrus (B)
Ce sera serré

RÉCOMPENSES AUX VAINQUEURS REMISES PAR LA DOCUMENTALISTE LACKBAR

Le tournoi sera suivi d'un goûter.

Bienvenue au tournoi annuel de sabre laser de l'Académie Jedi. Pas de flash pendant les duels s'il vous plaît.
YODA VS MR.G
WOOSH!
BZTT!
clap clap clap clap clap clap
GAIANA VS GREER
BRZKT!
BZRT!
clap clap clap clap clap clap
JO-AHN VS MOI
VOOSH!

BRZTZ!
clap clap clap clap
rictus
clap
EGON VS SHI-FARA
BRKKZZT!
clap clap clap clap
TEGAN VS CRONAH
BRKT!
KRBZZT!
BZT!
BZBRBB!
Ouais, ouais, ha ha!
Ouais!
Ha!
PASHA VS CYRUS
BZKTRK!
BRK!
BRZOWKT!

BRZKK!
PASHA!
Hein ?
CLIC!
Eh! Quelqu'un a éteint mon sabre laser!
Oh. Non.
C'est de la triche!
Je crois que Pasha est disqualifié.
HMMM.
Disqualifié, Pasha est. Le gagnant, Cyrus est.
GNIIII

L'Observateur Padawan

PAR LES ÉLÈVES DE L'ACADÉMIE JEDI · VOL.MXII #14

LE TOURNOI D'ESCRIME S'ACHÈVE DANS LA CONTROVERSE!

LE PADAWAN ROAN NOVACHEZ TRICHE POUR AIDER SON CAPITAINE

Le tournoi annuel de sabre laser s'est achevé par la disqualification surprise du capitaine de l'équipe A, Pasha, lorsqu'un spectateur (identifié comme Roan Novachez) a désactivé le sabre laser de son adversaire, Cyrus. Pasha menait par deux à zéro et a nié être complice de cette interruption, mais les juges furent contraints d'accorder la victoire à Cyrus. En conséquence, l'équipe B de monsieur Garfield a remporté le tournoi, par trois victoires contre deux. Maître Yoda a félicité les concurrents pour leur adresse. La documentaliste Lackbar fut interrompue pendant la remise des prix par Ronald, le président du conseil des élèves, qui insista pour remettre à Cyrus un "trophée du président" fait main et donner un discours de dix minutes.

SOMMAIRE :

- Nouvelles P.2
- Pilote Ewok P.4
- Mots croisés P.4
- Sports P.6
- Pratique P.7
- Voyage P.8

RÉSULTATS DU TOURNOI

DÉMONSTRATION : Maître Yoda bat M. Garfield

1. Gaiana bat Greer (3-0)
2. Jo-Ahn bat Roan (3-1)
3. Egon bat Shi-Fara (3-2)
4. Cronah bat Tegan (3-2)
5. Cyrus bat Pasha (DSQ)

L'ÉQUIPE B GAGNE 3-2

HEPTADI

C'est vrai. J'ai triché.

Mais PAS DU TOUT comme on l'a dit. Déjà, Pasha n'était au courant de rien, il est innocent. On n'aurait pas dû le disqualifier. Il aurait sans doute gagné son duel, en plus, même en perdant une manche.

Et j'ai tout de suite avoué.

Je ne l'ai pas fait exprès ! Tout le monde sait que je suis nul avec la Force. Au moins ce n'était pas en cours, j'aurais sans doute eu une colle. Je suis sûr que Yoda est déçu, même s'il reste positif. Pasha et l'équipe doivent m'en vouloir. Alors j'évite tout le monde. Je compte rester caché jusqu'à la fin des cours.

Pfff, tout le monde doit me prendre pour un nul...
TOC TOC TOC
Roan ?
Hmm, il n'est pas là ?
Je devrais trouver une cachette pour étudier.
Si je rate mon examen, c'est sûr qu'on va me renvoyer...
Je VAIS me retrouver au lycée agricole...
Oh non, Pasha !

Ah, une cachette...
CLAC !
Tu n'as rien entendu ?
Oh oh
Coincé, quelqu'un est ?
?
Oui
HMMM ?
Merci Yoda, je cherchais un livre.
Oh, ils sont là.

TRIDI

Je pensais que l'Académie Jedi serait une perte de temps, mais c'était vraiment chouette... Enfin, jusqu'à la semaine dernière. Plus personne ne doit vouloir être mon ami, vu qu'on me prend pour un tricheur. Et maintenant, je dois passer l'examen final, que je vais rater en beauté, parce que je ne sais même pas utiliser la Force. Je pensais qu'à défaut d'Académie de pilotage, ce serait mieux que le lycée agricole. Mais après l'examen, c'est là-bas que je vais finir. J'essaie de soulever des objets avec la Force depuis le début de l'année, mais c'est peine perdue. J'espère qu'on ne se moquera pas trop de moi. C'est horrible. Je n'ai même pas envie de dessiner.

Votre examen de fin d'année, voici.
Utiliser la Force, vous devez...
Soulever une pierre, il faut.
Hé hé hé!
SILVA
Oh-oh
Écrasé personne, tu n'as, hmm?
RONALD
Soulever un peu, c'est quand même soulever.

CRONAH
URRR
Ça suf-fit ?
GAIANA
Bien joué, Gaiana.
BILL
Bill, c'est derrière toi !
KLANK
KLANK
KLANK
HMM, contrôlé le droïde avec la Force, Bill a. Beaucoup de contrôle, il possède !
PASHA
CYRUS
Trop facile !
Ha !

À ton tour, Roan.
À mon tour d'échouer...
Et après, le lycée agricole
Bon, allez.
Pas la peine de me fatiguer...
Ooooh!
Quoi?
Pourquoi vous me regardez comme ça?
Roan... Derrière toi!

Oh! J'ai réussi!

Leur regard est différent...
Et pour une fois, ce n'est pas par pitié! Mon travail a porté ses fruits!
Hmm. Impressionnant, Roan!
Merci, Maître Yoda!
Raison depuis le début, j'avais! Un puissant Jedi, tu deviendras!
Hmm. De l'hésitation, tu ressens?
Euh
Devenir Jedi, tu ne souhaites pas?
Oh, eh bien...
Hmm
Revenir l'année prochaine, tu devrais.
Je crois pouvoir faire une année de plus...
Hé hé hé

Alors tu n'es vraiment PAS fâché ?
Non... Tu es mon ami. Et tu ne l'as pas fait exprès.
Oui. Je voulais vraiment t'aider...
SURTOUT, je voulais que tu battes Cyrus !
Mais je ne contrôle pas très bien la Force.
Tu sais, c'est difficile d'éteindre un sabre laser avec la Force.
Et Yoda a raison. Le travail d'équipe, c'est important.
Je suis content d'être dans ton équipe.
Tu te rappelles la tête de Cyrus lorsque son arme s'est éteinte ?
Heeeein ?
Ha ha ha !
Ha ha ha !

ÉLÈVE : ROAN NOVACHEZ

NIVEAU : PADAWAN | SEMESTRE : DEUX

CLASSE : MAÎTRE YODA

BULLETIN DE NOTES

ACADÉMIE JEDI · CAMPUS DE CORUSCANT

COURS	COMMENTAIRE	NOTE
UTILISATION DE LA FORCE (MAÎTRE YODA)	Impressionnant. Très impressionnant.	A+
PRINCIPES DE LA FORCE (MAÎTRE YODA)	Bien, mais Roan pose trop de questions pendant la méditation.	B+
MATHÉMATIQUES DE LA PHYSIQUE (Mme PILTON)	Malgré ses dessins en cours, Roan a su résoudre les équations.	a-
BIOLOGIE NON-HUMAINE (PRINCIPAL MAR)	ROAN A UNE BONNE INTUITION EN MATIÈRE D'ANATOMIE.	A-
POÉSIE MANDALORIENNE ANTIQUE (DOCUMENTALISTE LACKBAR)	Bonnes interprétations, et très bons poèmes originaux.	A
ÉDUCATION PHYSIQUE (KITMUM)	[illegible]	☺
COMBAT AVANCÉ AU SABRE LASER (M. GARFIELD)	PAS MAL POUR UN DÉBUT.	B-

L'Observateur Padawan - Remise de prix !
FUTURE STAR DE TV
FUTUR CHAUVE
FUTUR SÉNATEUR GALACTIQUE
MEILLEUR SPORTIF
MEILLEUR ATHLÈTE
PLUS INTELLIGENT
MEILLEUR "BIPPER"
PLUS CRÉATIF
PLUS ÉLÉGANTE
PLUS NERVEUX
PLUS PROMETTEUSE
MEILLEUR DANSEUR
PLUS JOLI RODIEN
PLUS ADROIT
PLUS CALME
MEILLEUR SENS DE L'HUMOUR
MEILLEUR JEDI
PLUS BEAUX CHEVEUX
L'OBSERVATEUR PADAWAN VOL.MXII#16

DUODI

Bon, voilà. J'ai survécu à une année à l'Académie Jedi. Cela a été long, mais j'ai fini par trouver mes repères. Tout le monde a l'air de penser que je suis à ma place, moi le premier. Et maintenant, je rentre chez moi. J'espérais presque que Yoda me dirait de rester ici, pour rattraper mon D+ du premier semestre. Mais apparemment, mon examen final compense. Et puis, rester ici tout seul, ce ne serait pas très drôle. Hier soir, au dîner d'adieu, on a tous signé nos yearbooks (c'est l'album de nos meilleurs souvenirs de l'année)... Même Cronah a signé le mien. Beaucoup de gens m'ont demandé de leur dessiner un Pilote Ewok. Dans celui de Gaiana, je voulais

nous dessiner en train de danser, mais j'ai eu peur que d'autres le voient. Elle va me manquer. Et Pasha aussi. Tatooine va être encore PLUS nulle sans eux.

Yoda a l'air un peu triste. Lui aussi va me manquer, surtout maintenant

que je comprends ce qu'il dit. Presque toujours. Je crois qu'il nous aime bien. Mais depuis le dernier examen, il me parle plus souvent seul à seul. Contrairement à M. Garfield, qui a

passé une partie du dîner au fond de la pièce, un peu dans l'ombre. Il a grommelé d'un air contrarié en apprenant que je revenais l'année prochaine. Il doit encore m'en vouloir.

Même les "bips" de RW-22 vont me manquer. Au début, j'avais toujours l'impression qu'un camion allait m'écraser en reculant. Et maintenant

quand je ne l'entends pas, c'est trop calme. Je vais dessiner tout le temps, cet été. Je pourrais inventer une histoire et l'envoyer à tout le monde ! Assez écrit. Demain, je rentre, je dois faire ma valise !

Salut Roan! J'ai hâte de lire tes BD dans le journal l'année prochaine!
Merci!
Salut Tegan.
Roan, je ne savais pas que tu utilisais aussi bien la Force. Très cool.
Hein?
Oh, merci, je...
Oui, ne prends pas la grosse tête!
J'avais juste peur que tu nous lâches une pierre sur la tête.
Ha!
EUX, ils ne vont pas me manquer...

Bonnes vacances, Roan!
À plus!
Toi aussi! À plus Bill, salut Egon!
Bonnes vacances, Roan. Je te préviens si je viens sur Tatooine!
Super!
CHECK DE LA FORCE!
Salut Pasha!
Dis, Roan, on pourrait se voir cet été.
Appelle-moi, d'accord?
Oh, euh, d'accord!

Oh, voilà mon vaisseau!
Salut Roan!
Smack! !
BEEP BO BOOP BLEEP BEEP BEE BEEP
Quoi?
Beep bo boo...
RW-22 veut te donner quelque chose.
BEEP BOOP
Ton emploi du temps.
Une liste de lecture.
Des papiers à remplir
BEEP BLEEP
BEEP BO BOOP BEEP
Merci RW-22, merci T-P30.
Roan, du côté obscur, tu dois aller.
Maître Yoda, de quoi parlez-vous?

Du côté obscur de Tatooine, hmm? Plus d'ombre, il y aura!
Hé hé!
Merci, Maître Yoda!
À l'année prochaine, oui?
Apprendre à voler, tu vas?
Apprendre à voler? À devenir un meilleur Jedi, vous voulez dire?
Pas regardé ton emploi du temps, tu n'as? Hé hé hé.
Au revoir, Maître!
Mon emploi du temps? Alors...
Utilisation de la Force... Sport avec Kitmum... Hyper-algèbre...
PILOTAGE DE CHASSEURS STELLAIRES ?!

Roan! Roan! Roan! Roan! Roan!
Eh, Ollie!
Maman!
Oh, comme tu as grandi!
Tu vas bien nous aider au jardin!
Salut Ro! Je prends ton sac.
Merci, Dav!
Tu transpires...
Quelle chaleur!
Félicitations d'avoir réussi ta première année!
Merci P'pa!
J'ai une bonne nouvelle...

J'ai parlé à mon ami à l'Académie de pilotage. Il va se renseigner pour que tu puisses intégrer leurs cours, si tu veux.
Oh merci, Papa ! Mais... Je crois que je vais rester à l'Académie Jedi.
Vrai-ment ? Super !
Ah, la maison !
Roan, une lettre pour toi. Tu connais une certaine Gaiana ?
Quand Pasha viendra, vous voudrez venir faire la course corellienne avec moi ?
Roan, regarde, j'utilise la Force !
Ro, je peux voir ton sabre laser ?
FIN (de l'année)

Pas besoin de l'Académie de pilotage! Je vais devenir un Jedi!

TIENS TON PROPRE JOURNAL !

D'abord, trouve un carnet vierge !
Du papier ligné ou blanc, peu importe.

* Amuse-toi !

Crée des bandes dessinées ! Même si tu crois que tu ne sais pas dessiner, lance-toi. C'est une activité passionnante.

Écris ce qu'il se passe dans ta journée.

Colle des photos de tes amis.

Utilise plusieurs couleurs !

* Écris au moins dix mots par jour.

Mets des devoirs que tu as réussis ou appréciés.

Découpe et colle des articles de magazines sur tes émissions télévisées, films ou livres préférés. Ou ce qu'il se passe dans l'actualité !

Écris tes moments les plus embarrassants... Ils deviendront plus drôles sur le papier !

Jeffrey Brown est dessinateur de presse et auteur de la collection **LA FAMILLE VADOR**. Il vit à Chicago avec sa femme et leurs deux fils. Malgré toutes ses tentatives, Jeffrey ne parvient toujours pas à utiliser la Force, et a donc dû suivre une scolarité normale, sans jamais devenir un Jedi. Pourtant, il aime toujours autant Star Wars.

P.O. Box 120 Deerfield IL, 60015-0120 États-Unis